西藏抒情手册

高平　著

图书在版编目（CIP）数据

西藏抒情手册 / 高平著. -- 拉萨：西藏人民出版社，2022.7
ISBN 978-7-223-07103-1

Ⅰ. ①西… Ⅱ. ①高… Ⅲ. ①诗集－中国－当代 Ⅳ. ① I227

中国版本图书馆 CIP 数据核字（2022）第 066367 号

西藏抒情手册

作　　者	高平
责任编辑	苏远尚　张远帆
封面设计	格桑罗布
责任印制	廖青
出版发行	西藏人民出版社（拉萨市林廓北路20号）
印　　刷	西藏福利印刷厂
开　　本	787×960　1/16
印　　张	17.75
字　　数	40千
版　　次	2023年5月第1版
印　　次	2023年5月第1次印刷
印　　数	01-1,000
书　　号	ISBN 978-7-223-07103-1
定　　价	40.00元

高平，山东省济南市济阳区人，出生于北平，甘肃省作家协会名誉主席。15 岁开始发表文学作品。1949 年参军，随即随部队进军西北地区和四川、西藏，立二等功。历任中国人民解放军第一野战军政治部战斗剧社文学队员，西南军区政治战斗文工团创作室研究生，西藏军区政治部文工团创作组副组长，西藏军区政治部文化部文艺创作员，甘肃省歌剧团编剧，甘肃省文联专业作家，甘肃省作家协会主席，中国作家协会全委会委员、名誉委员。国家一级作家。出版有诗集《大雪纷飞》等 16 种、文艺评论集《致诗友》等 3 种、散文集《徒步入藏》等 3 种、随想录《闪念》、释著《易经诗解》、中短篇小说《喜马拉雅山下的情侣》、长篇小说《仓央嘉措》。作品曾被译为英、俄、匈、罗马尼亚、马其顿文和藏文。2000 年离休。甘肃省委省政府、甘肃省歌剧院、《山东诗人》授予文艺终身成就奖。

前 言

从1951年到1958年，我在西藏工作、生活了将近八年。七十年代以后，我又曾三次回到西藏，蹲点、走访、写作、出席纪念活动，累计又有好几个月。我对西藏有比较多的了解、忘不了的记忆、淡不了的怀念、解不开的情结。

西藏和平解放至今已有70周年。我作为十八军进藏的老兵，从1951年写的第一首诗《打通雀儿山》到2021年写的《洁白的西藏》，创作关于西藏题材的诗歌也已经70年了。70年中我一直在不断地用各种文学体裁创作西藏题材的作品，其中大家比较熟知的有长诗《大雪纷飞》、长篇小说《仓央嘉措》。这在西藏乃至中国文学史上大概是绝无仅有的。

但是把我所有写西藏的抒情诗（包括新诗、旧体诗两类）经过筛选、编在一起出版这还是第一次。其内容大致有三部分：一是进军西藏、筑路、建设、戍边的记述，二是离开西藏以后的怀念、回忆、反思，三是几次重返西藏的感受。其中有的篇章经受了半个多世纪的考验，被载入了多种文学史著和诗歌选本。毋庸讳言，它们能具有些许的文学价值与历史意义，使我感到欣慰。

这些诗，都在报刊上发表过，我在编选的过程中，对有的篇章作了词语上的修订。

我之所以在书名中标明“抒情”二字，是为了将诗集与我同样是写西藏的《紫丁香》《梅格桑》《古堡》《冬雷》《川藏公路之歌》等叙事诗集相区别（其实在诗里，抒情与叙事绝不是水与火的关系，而是水与乳的关系，叙事可以有很大的含情量，抒情也可以借助于叙述体，只不过有着多与寡、浓与淡、显与隐的不同罢了）。我之所以在书名中嵌入“手册”二字，是想让关心西藏、热爱西藏、到过西藏、要去西藏的人都可以随手翻翻而已。

作 者

2021 年 8 月 30 日于兰州

目 录

· 新诗卷

新诗卷

投宿

一

山风吹直了战马的鬃毛，
手中的缰绳冻结着冰雪，
我们翻越大雪山，
进军拉萨。

漆黑的深夜，
狂暴的风雪，
无边的山峰，
一起向我们的头顶，
沉重地压下。

二

从没有道路的地方，
来到藏胞的家，
牛粪燃烧着，
香气飞出炉火。

我们身上的冰，
溶化成水，滴在地下。

在昏暗的墙角里，
站起来一位阿妈。
古旧的耳环坠在肩上，
灰尘落满了她的头发。
她的眼睛这样深沉！
像是埋藏过无数苦难；
她的眼睛这样明亮！
像是期望着雪地开花。
她，看着我们，
没有说话。

她看着我们，
然后，走来，
含着泪，点着头，没有说话。

她拍打了我们身上的雪水，
拉住我们冰冷的手，
叫了一声："娃娃！"
我们叫了一声："阿妈！"

风雪在门外呼号，
黑夜把小屋紧抱，

牛粪在炉火中燃烧，
我们在阿妈的身旁睡倒。

三

由于对黎明的敏感，
我睁开了眼。
我见着，我的同志们，
露出健壮的胸膛，
个个睡得很甜。
好像这里没有风雪，
好像他们在梦中，
走进了温暖的春天。

身上是谁给盖的羊皮？
身旁是谁烤干的军衣？
是谁添了一夜的炉火？
是谁把我们破了的鞋子缝起？

难道我还没有睡醒？
难道还是在模糊的梦中？
昨天的大雪山它在哪里？
是谁在严寒里送来暖风？

是谁在用双手抚摸我们？

是什么燃烧着战士的心？
是谁的白发搔着战士的脸？
在这西藏深山中的黎明。

啊，是你呀，阿妈！
你坐在炉火的微光里，
一夜的陪伴，
一夜的辛勤，
为了远来的战士，
为了你还不知道姓名的孩子们。

炉火还在燃烧，
黎明走进了家门。
藏族母亲啊！
请接受我们今天的第一个敬礼，
在这即将出发的早晨。

四

乌云退向远山，
太阳撒开金线。
我们拿出自己的照片，
赠给阿妈，
一个个跨上马鞍。

我们不是借宿一夜的客人，
我们是你的儿子。
战马仰起头来了，
我们要走了，
阿妈，请你回去。

打通雀儿山

提起雀儿山，
自古少人烟，
飞鸟也难上山顶，
终年雪不断。

地冻三尺深，
乱石把路拦，
开辟康藏交通线，
这是一道关，

人民解放军，
个个是英雄，
雀儿山上扎下营，
要把山打通，

雀儿山再高，
没有咱信心高，
雀儿山石头再坚硬，
没有咱意志坚，

山坡架帐篷，
睡在云雾中，
树枝铺在雪地上，
好像钢丝床。

早起晚下工，
热血挡冷风，
没有水喝化雪吃，
煮饭风味浓。

山高坡又陡，
做工没处站，
绳子拴在腰中间，
悬空打炮眼。

满山炸药响，
碎石四下崩，
铁山也要劈两半，
不通也要通！

在指挥部

将军带着满身泥，
和战士挤在一起，
看他们扫开冰雪，
铺好路面的石子。

他回到指挥部的帐篷，
手也顾不上洗，
摇起电话机来，
发布通车的消息。

将军的命令带着颤音，
兴奋地震动着耳机：
“明天早晨太阳一出，
就举行通车典礼！”

像爬上积雪的高山，
他压住短促的呼吸，
命令发布完了，
他还用力攒着耳机。

是狂风吹着电线？
还是远方汽车响呢？
是喇嘛庙低沉的音乐？
还是他盼汽车盼得心急？

将军说："树叶落净的时候，
我们进入这陡峭的工地，
刚下了第一场雪，
汽车就要开到这里。

多少村庄又连结起来，
多少新房又打好了地基，
多少藏胞又知道了北京，
多少战士又把喜报寄回家去！

谁说康藏地图上尽是白点？
谁说冰雪和坚石里没有春天？
我们带着开天辟地的命令，
要把每座山变成乐园！"

将军铺开康藏地图，
寻找指挥部的驻地，
寻找这些搭着帐篷的山谷，
寻找修路的工区。

他手里的红色铅笔，
闪耀着千万人的欢喜，
闪耀着战士的功劳，
闪耀着一个胜利。

他举起这支红笔，
像举着光荣的旗，
他扶住精美的康藏地图，
把公路的红线向西画去。

接岗以前

开山炮已经停了，
积雪的山峰闪着月光，
大雾紧紧抱住山腰，
帐篷像花朵开在海岛上。

冷风悄悄地钻进帐篷，
石桌上点着松油灯，
一个战士在灯火上烤着墨水，
用桦树皮写信给遥远的母亲：

“母亲啊，想您已经睡着了，
火车正跑过我们的村庄，
村里的合作社也许还半开着门，
等候着出去拉货的车辆。

您写来的字句像您的眼睛看着我，
您的手也像抚到了我的身上。
母亲啊，别再担心高原上天寒地冻，
我们来到这里四季都是春光。

冰雪曾压倒过我们的帐篷，
大风把帐篷卷下山岗。
真像您给我讲过的神话一样，
我们在风雪云雾中盖起了新房。

不错，这里是山高入云，道路不通，
但是雪山峭壁已被我们炸平！
往年猴子也不敢走的地方，
如今这汽车大队像长龙盘过山峰。

山谷和河上冷风狂叫，
我们点起火把连夜架桥，
冰块撞断了拴腰的皮绳，
我们用人桥架起了钢桥。

多少桥，铺平了山谷和江河，
连接起通往北京的大道。
大道上骡马的铜铃叮当响，
藏胞的歌声比铃声更高。

春风吹绿了遍野的麦苗，
鲜花和姑娘们一起欢笑，
阿妈牵着雪白的高头大马，
送孩子去进第一所学校。

母亲啊，这里的一草一木都像是家乡，
每一块石头都满藏着建设的力量，
等一座座繁华的城市在国境上出现，
我的胸前也就挂满了勋章。”

月光照亮了山岗，
战士把信装在身上，
他穿上皮大衣走出帐篷，
祝福遥远的母亲健康。

白云的影子在松林上移动，
边疆的夜多么清醒。
他端着冲锋枪穿过林荫小道，
去接换那山上的岗哨。

阿妈，你不要远送

雷雨响在山头，
红旗迎着狂风，
我们就要出发，
阿妈，你不要远送。

松开我的手吧，
放开我的战马，
记住我们的姓名，
不要过分牵挂。

啊，暴雨打湿了你的衣衫，
狂风吹乱了你的头发；
前面雪山重重，
阿妈，你不要远送。

多少下雪的日子，
你给我们送饭送茶；
多少寒冷的夜里，
你在我们床前点起炉火。
我们帮你开下的荒地，

青稞已经发芽；
我们播种的荞麦，
将要在你们的门前开花。

我们走了，直向西方，
把这宽阔的公路，
直修到祖国边疆。
从拉萨的街道，
到天安门广场，
阿妈，你都可以自由地来往。

在公路经过的地方，
土地就和黄金一样。
牛羊越来越多，
姑娘穿上彩色的衣裳，
孩子愉快地走进学堂，
新的城镇亮起电灯，
夜里也不落太阳。

远处的树林上空，
密集着云层，
阵阵的闪电，
显出了阿妈的身影。
我们向她摆一摆红旗，
阿妈，你不要远送……

甘孜草原的夜晚

白鸟收起了翅膀，
雪山沉睡在远方；
蓝天衬着星星，
像我爱人的衣裳。

到处有不睡的人，
到处有不灭的灯光，
一座新的城市，
站立在草原的身旁。

夜晚的甘孜草原，
像一块深绿的水晶。
熟睡的羊群，
像草丛的白花，
围着新织的帐篷。

有一架帐篷刚熄了灯光，
帐篷里走出来藏族姑娘，
她悄悄地离开了母亲，

轻轻走过牛羊的身旁，
夜风吹着她的衣袖，
她头发上的宝石闪着星光。

她等着爱人来，
心跳得厉害，
好像这个草原，
会驮着她飞起来。

她眨了眨眼，
望着远山：
汽车队拉长了灯光，
在山上盘旋。
她记得往年，
山上的小路像一根线，
好像风一吹就会断，
走路比趟河还难。

她望着新甘孜的电灯，
想起了童年：
在每一天夜里，
她都盼望着雷雨闪电，
天空一亮，又黑下来；
天黑了，电光又一闪。
把高原的黑夜劈开，

这教她多么喜欢！

一年又一年，
她盼望着，
白天有鲜红的太阳，
黑夜有不灭的闪电；
她盼望着，
母亲的头发不会变白；
她盼望着，
草原和春天永不分开；
她盼望着，
牛羊一年比一年多；
她盼望着，
能和一个健壮的小伙子，
尽情地相爱。

姑娘回头望一望帐篷，
锅里煮着内地的香茶；
她又摸了摸身上，
身上穿的是新衣裳。
往年的荒地没有了，
藏胞耕了地，
解放军播了种，
青稞熟在山坡上。

山坡下边，一片灯光，
排列着帐篷和新房。
区外的工人，
藏族的工人，
住在一起，
是家庭，也是家乡。
从那里，
传出了婴儿的哭声，
这哭声像春天的百灵，
直飞到姑娘的心上。

她看见，
她抱着自己的小孩，
和丈夫走出帐房。
他们走遍了甘孜草原，
汉藏人民都来夸奖。

新甘孜开来了汽车，
灯光直射到她的身旁。
她拉起绣花的裙子，
扭身遮在脸上。
她对着静静的草原说：
“啊，我还没出嫁呀，
怎么就这么想？……”

有一对白鸟惊醒了，
从姑娘的身旁，
低低地飞向远方。

病房夜语

——致甘孜军医院的护士

护士同志，
半夜多了吧？
你老是提着马灯，
在病房里走着。
灯罩已经熏黑，
你还不去睡？

哦！窗外好大的风雪呀！
怪不得你没听见我的话。
护士同志，
我的声音虽然微弱，
但我心中对你的感激，
却像瀑布倾泻。

你，又朝着我走来了，
你的眼睛，
为什么这样惶恐？

不，护士同志，
不是你把我惊醒，
是风雪，
是风雪打断了我的梦。

我想念啊！
想念我的岗位，
想念战友的笑容。
作为一个十八军的战士，
离开了积雪的山峰，
这种痛苦，
远远超过了任何疾病。

什么？你没有听清？
你累了，整整一夜，
我听着你的脚步
越来越加沉重。
但是你头上的军徽是永远闪亮的，
你洁白的罩衣也飘然如风。
我知道你的幸福不在别人的掌声里，
你的幸福，
都悄悄地溶化于病房的寂静。

你手中的灯火，
为什么越来越暗了？

噢！窗外的树梢上，
已经染上阳光的猩红。
让我作为第一个
问候你的人吧，
在这风雪过后的黎明。

悬崖上的绳索

从陡立的山崖底下，
跑过来一队汽车。
我看见那盖着冰雪的悬崖，
就想叫它：鹰的窝。

是解放军战士，
曾经到这里来过，
他们攀着这些绳索钻出云雾，
又踩着它在悬崖干活。

战士们匆忙地走了，
把绳索留下。
风，刮着它不停地摇摆，
战士的光荣留在悬崖。

春天，悬崖上野花开，
绳索被花朵遮盖，
只有蜜蜂采蜜的时候，
才能把它找出来。

敬礼，高原上的驾驶兵

用不着熄火，
用不着停车，
用不着看见我，
你就能听见我的歌。

这是黑夜。
我走出帐篷，
从山上观望天河；
我仿佛看见你们的车队，
正闪着光从那里飞过。

你们常停车在云中的山峰，
吃一块饼干吃一口雪；
车队常迎着风雪前进，
像冲过敌人的炮火。

你们把物资的“山”，
从后方移到工地；
你们闭上开了一夜的车灯，

迎接过多少黎明！

在康藏的这些日子，
我的心不能平静，
它不是跟随着山中的瀑布，
就是跟随着你们的车轮。

我看见，
驾驶室里的日历一张张飞去，
路旁的新房一座座站起，
新开的荒地向车头涌来，
玻璃窗映着藏胞的新衣。

人民给了你们光荣，
我还是要跑到公路上，
向你们举起手来：
“敬礼！康藏驾驶兵！”

收工回来

嘹亮的收工号，
震响了山岗，
我们走出工地，
迎着西山的阳光。

公路盘在积雪的高峰，
钢桥架在山谷的身上，
野鸟已经飞去，
山羊早已跑光，
它们就是回来，
再也不认识这个地方。

整理好军装，
将火把点亮，
我们的晚会，
举行在山顶上。

我们跳着藏族的舞蹈，
我们歌唱着天安门广场，

天安门啊，祖国的眼睛，
看着我们建设康藏；
天安门啊，祖国的灯塔，
照耀着遥远的边疆。

他站在桥头上

深蓝色的山谷里，
河水哗啦啦流；
阳光，透过古老的松林，
照着公路的桥头。

那是个气候突变的黑夜，
狂风卷着大雪，
战士们在山谷里架桥，
风雪扑灭了火把。

山洪像一群饿狼，
扑倒了最后一根桥桩，
一个高个子战士，
拦住桥桩不放。

他救下了桥桩，
也用尽了力量，
风雪和浪头把他卷走，
他牺牲在河上。

如今，野花开遍山岗，
他的战友们，
早已经走向远方。

因为他爱这个山谷，
他爱这座桥梁，
他喜欢松林里的阳光，
他喜欢山谷上的村庄。
战友们遵照他生前的喜爱，
就把他的塑像，
立在桥头上。

他看着四季常青的古松，
他看着汽车日夜来往，
他欢送到内地去的藏胞，
他迎接各民族的兄弟来到康藏。

在一个露水未干的早晨，
山谷的风飘着花香。
他看见：
第一部拖拉机
从桥上开过，
藏胞们高声欢呼，
山谷发着轰响。

他收下了拖拉机手的敬礼，
他收下了藏胞的青稞酒，
他收下了雪白的哈达；
他站在桥头上。

给苗族老大伯

老大伯，
你的儿子死了！
在今天，
在露水未干的早晨。

虽然，你是苗族人，
我是汉族人，
你，也就是我的父亲。
我请求你，千万别因为
看到我这张纸上的泪痕，
惹得你更加伤心。

现在，
我写一首赞美诗，
赞美你的儿子，
歌唱我的同志。

我知道，他活着的时候
给你写信很多，

我用不着再告诉你，
冬天的雀儿山上，
有多么大的风雪。

那时候，
山峰挡着天空，
风雪遮着山峰。
我和他——你的儿子，
手拉着手去上工。

我们走着、爬着，
哪是石头？哪是冰雪？
谁也分不清。
棉衣冻硬了，
我们的手是热的！

我诞生在河北，
他诞生在贵州，
我们像同一个母亲，
在一个连队里修路。

风雨把我们的眼睛迷住，
铁锤震裂了双手，
鲜血冻结在钢钎上，
汗水把棉衣浸透。

他说："我们要做一辈子的战友！
我打锤，你掌钎，
直打到拉萨城下，
再把公路修上喜马拉雅山头！"

在多少个黑夜，
我和你的儿子，
睡在云雾腾腾的帐篷里，
头发冻结在一起。

去年，在怒江的悬崖上，
我们又一起踩上绳梯，
虽然，工作在这里，
除了野羊和枯草，
就是水浪和坚石，
但是，我还会寂寞吗？
有了他这样的同志。

今年春天的波密，
群山上开满了桃花，
藏族的孩子们，
要去摘下刚开的花朵，
洒在明亮的公路上；
洒在母亲的怀里玩耍。
啊，苗族老大伯，

那时候，
你的儿子正上岗，
悬崖上拥挤着一群野狼，
野狼把石头蹬下来了，
压过山谷的树枝，
眼看要滚到孩子头上。

我望见，你的儿子，
我的好同志，
他丢下步枪，跑上去！
用自己的胸膛，
挡住了孩子头上的山石……

我向着边疆的天空，
放了三枪，
让子弹飞过我们的营房，
飞过所有的山峰和村庄。
我把孩子抱起来，
跪在他的面前；
孩子手里的桃花，
落在他带笑的脸上……

如今，
他被埋在西藏，
埋在离你很远的边疆；

那是哨兵瞭望的地方，
那是孩子们常去的地方。

老大伯，
你的儿子牺牲了，
别为他难过；
像我们一样，
为他骄傲吧！

如果村子里，
有哪个姑娘爱着他，
就对她说别等啦！
告诉她他是怎么死的，
应该怎么样纪念他。

老大伯，
你的儿子还留下一双军鞋，
原谅我不能寄给你，
我要把它留下！
我要穿着它，
在边疆走他没有走完的路程；
我要穿着它，
在每一年春天，
领着藏族孩子们，
到深山里去摘桃花。

候　鸟

——《昌都组诗》选一

落下来吧，
这，就是昌都！
你们并没有认错路。

落下来呀，
飞了一夜早就该疲倦了，
为什么老在
黎明的天空盘旋？

噢，这倒也自然，
昌都，
已经不像个山窝中的小村了。
你们没见过
这些雄伟的楼房；
没见过满街满巷的电线；
不认识什么是气象台；
不明白

汽车为什么瞪着两个眼。
你们也不理解
红色的是旗帜，
彩色的是藏胞的衣衫。

可是，
这确实就是昌都！
只不过样子有点变。
啊哈，落下来吧，
现在，
你们作为中国天空上的飞鸟，
对这个应该习惯。

波密人的传说

阿爸们三岁的时候，
阿妈们五岁的时候，
就听祖先讲过，
这个波密的传说：

波密有个老人，
没有谁知道他的年龄，
他满脸都是皱纹，
白胡子遮盖了前胸。

每天，黄昏的太阳，
在河上闪着金星，
家家关上门要过夜了，
他还一个人流浪在无边的森林。

他坐在森林里唱歌，
头上顶着落叶，
他唱的一字一句，
全波密的人都记得。

他唱：
苦难的波密，
原是个宝贝的盒子，
有一个罪恶的魔鬼，
偷走了盒子的钥匙。

山里有一个大湖，
波密的英雄住在那里，
他告别了父母去杀魔鬼，
要夺回宝盒的钥匙。

波密人盼他胜利，
都无心耕种田地，
桃花开着等他，
大鹰飞着探消息。

桃花开了一百天凋谢了，
老鹰的翅膀再也张不开，
人们愁得头发白，
英雄还不来。

英雄的宝剑砍到山上，
狡猾的魔鬼躲在他身旁，
大山砍裂了一道缝，

魔鬼把英雄锁在中央。

唉，孩子们哪，别难过，
记住英雄留下的话，
他说，要人民不再受苦，
除非是马头长角，石头开花。

又是深春季节，
树林又变成绿色，
老人走在早晨的草地上，
唱起了动人的歌：

孩子们，英雄得救了！
马头上长角了！
这是美丽的铁角，
这是北京开来的汽车。

孩了们，英雄回来了！
石头开花了！
这是解放军开山的大炮，
炸开了波密的宝盒。

寄远方的少先队员

你们的红领巾收到了，
边疆的叔叔谢谢你们。

你们问叔叔住在哪里？
亲爱的孩子，
打开西藏地图来找吧，
那里是白色的，
外国的探险家说：
那是不能生存的土地。

每当高峰上卷起雪风，
我就回忆起我们见面的情景。
现在，也许北方田野的春风，
正飘起你们的红领巾。
我也是在那里长大，
从那里，
可以望见古老的长城。

我这在远方当叔叔的，

要给你们介绍一个远方的朋友，
她是个戴红领巾的藏族孩子，
头发上镶着红绿的宝石。

你们也许想象不出，
在四年以前，
这样的藏族孩子，
白天在树林里捡柴，
夜晚和几只瘦羊睡在一起。

她从小就只知道：
衣裳是透风的；
房子是漏雨的。
只有母亲才疼她，
她的母亲，也常常为生活哭泣。

现在，她上学了！
我曾亲手盖过她们的教室；
我见过她们年青的藏族教员；
我还抚摸过，
她用的那张新桌子。

我把你们的红领巾给了她；
她把她的红领巾寄给你们。
我对她们说：

你们长大了要到边疆上来，
有的会架钢桥，
有的会开机器……
可惜我没有你们的照片，
没法让她知道，
你们都是什么样子。

你们一定要问我，
藏族小朋友的姓名。
她叫“嘎儿”，
意思就是“最亮的星”。

虽然，你们离开有一万里，
但是这没有关系。
你们会在一个天空下，
像星辰一样，
用你们的光芒，
把祖国照耀得更美丽。

亲爱的少先队员们，
外面刮起了大风雨，
叔叔的帐篷要倒了，
就先写到这里。

夜 归

放下手中的钢钎，
暂时告别了帐篷，
我，请假回家的边防士兵，
来到母亲居住的小城。

时间已经半夜，
没有一个行人，
为了早见到母亲，
我不能等待天明。

我不敢拍打尘土，
也不敢大声呼吸；
我生怕扰乱了故乡的安静，
像一个怯生生的少女。

望不到尽头的路灯，
投射着成排的树影子，
(往年，
这里只有黑暗和垃圾)

故乡，用绣花的柏油路，
迎接她十年前
在土里长大的孩子。

凭着遥远的记忆，
我走进一条小巷，
在我母亲居住的屋顶上，
朵朵的白云正游向远方。

我整了整褪了色的军装，
摸了摸“解放西藏纪念章”，
我立正站在门前，
母亲啊，我走过了
八万里战斗的路程，
我回来了，
带着边疆战士的问候，
母亲啊，您可健康？

院子里的那棵梨树，
正伸着头把我探望，
啊，我的老朋友，
看你长得多高多壮！
我感谢你，
日夜守护在母亲身旁。

今夜，在家乡看见了你，
就像看见我自己
在无数个风雪的夜间，
守卫着藏胞的村庄。

北方的夜，
空气像蜜一样甜。
湖水上印着星星，
母亲正在睡眠。
我怎样把母亲叫醒呢？
是敲门？还是轻轻地喊？

夜 哨

暴雨洗着藏胞的村庄，
狂风扫着黑夜的山峰，
大树像是喝多了酒，
人们睡得很安宁。

一个放哨的士兵，
持枪站在雨中，
雨水从头顶流到脚跟，
雷电在刺刀上一闪一明。

他看见未婚妻正在给他写信，
他看见明月照在家乡的上空。
他站在雨中偷偷地笑了，
只有他的步枪知道这件事情。

珠穆朗玛

啊，珠穆朗玛，
趁着祖国的十万里春风，
从你的头上飞过，
请收下边疆士兵的歌。

踏着你九层云外的冰川，
每一个脚印都填满快乐，
这里是祖国最高的领土，
就是冷风也温暖着士兵的心窝。

我们在山石上磨亮刺刀，
我们把国旗插上积雪，
是你把我们高高举起，
守望着无边的山河。

我们和飞腾的云海一样，
愿意做你的衣裳；
我们和最勇敢的鹰群在一起，
把你当作家乡。

母亲！和平！
珠穆朗玛！天安门！
对于驻守在西藏的士兵，
四个名字一样美丽，一样响亮！

黑夜，大雷雨响在山上，
你闪起耀眼的电光，
和北京的灯火联在一起，
射向世界的四面八方。

啊，珠穆朗玛！
士兵们在吻你的白发，
把胸前的勋章都献给你，
和你共同坚持和平事业！

拉萨的黎明

迎着银白的曙光，
五星红旗飘扬上升；
在旗下，薄雾散开，
露出了布达拉宫的金顶。

啊，拉萨！
在这公路通车的时候，
你在黎明中深深地呼吸，
像喝着喝不够的美酒。

我是跟第一个车队来的，
从康藏公路的起点出发，
来为你的将来祝福。

在你的每条街道，
人们要编唱新的歌谣；
在你郊外的田野上，
汽车在公路上奔跑，
像流水

冲开无数新的河道。
在你的周围，
会增加十倍的建筑；
楼房多得能挡住天上的风；
用不完的电，
会使每一个黑夜，
都变成黎明。

每天，
每一家人敞开大门，
让上学的孩子，
出来迎接早晨；
孩子的母亲，
和丈夫一起走向河谷，
在那里，
十丈高的烟囱，
将排列成新的森林。

让祖国的人们，
都来看拉萨的黎明！
让我们每天
比黎明起得更早吧，
建设边疆的人！

致田野

田野上的花朵
像妻子的刺绣
是在欢迎我吗
迎着春风点头

啊，我亲爱的田野
你，祖国的衣衫
假如把别的土地
铺上十公尺厚的黄金
我们也决不和它交换

我歌颂过白发苍苍的珠穆朗玛峰
结交了不少的边防士兵
战士的脚步是开阔的
正像他那怀满了
对祖国的爱情的心胸

现在，我又看见我的田野了
农妇在田里走着

我多么熟悉那些在树林中
晃动着的故乡的头巾

噢，起风了
风很大，但是没有灰尘
我干脆摘下帽子
把头发让它吹吧
假如我的头发能变成垂柳
我要叫它在这里生根

有一道山谷

有一道山谷，
常停着云雾，
不知什么时候，
长了一棵小松树。

它第一次看见解放军，
是在下雪的早晨。
战士们的枪口迎着冷风，
踩着乱石荒草前进。
骡马的铜铃冻哑了，
只听见说：“拉萨不远了，同志们！”
是黄河下游一带的口音。

它第二次看见解放军，
月亮刚升上山顶，
两个穿白衣裳的人，
抬着一个负伤的士兵。
士兵瞧着小松树，忍着疼说：
“你们别碰这棵小树啊，

将来要用它建筑大厅。”
他们趁着月光走了，
远处正响着开山的炮声。

它第三次看见解放军，
汽车像一串流星，
红旗指向边境。
转眼只留下一阵军服的香气，
和那教人怀念的笑声。

油站的风雪夜

朋友，
当你喝完一杯热茶，
关上窗户，熄了灯，
准备睡觉的时候，
你可曾想到过那种情景？

在海拔四千公尺以上的藏北旷野，
那里正呼啸着风声，
大风雪从四面八方向帐篷扑来，
羊群蜷缩成堆躲避寒冷。

一个人，在结冰的地上站着，
风雪捲着他的大衣皮领，
他遥望着远方闪亮的车灯，
手提着准备好了的油桶。

说来这是个汽车队的加油站，
其实除了他还有一个士兵，
另一个士兵病了，

他经常整夜地站在公路旁
为过往的汽车加油，直到黎明。

他和驾驶员举手告别以后，
便开始倒空交回的油桶，
在一百二十个昼夜里，
节约了柴油八百公斤，
都是一滴一滴地在寒冷中完成。

为什么有的人可亲可敬？
为什么有的人庸碌无能？
每当我想起黑河油站的风雪夜，
每当我记起赖景新，
准确的回答就涌到心中。

关于拉萨

夏天撒开它绿色的裙子，
向拉萨的每一条街道飘落。
按照传统的风俗，
每一家的窗台上，
都摆出成盆的鲜花。
我，沿街走着，
我的军装
和树林是一样的颜色。

同志，别信那些谣言，
说西藏四季都是风雪。
祖国的土地，
没有一寸是寒冷的！
现在，
我怀着夏天一样的心情，
告诉你，关于拉萨……

我常沿着林卡游逛，
我的肩膀，

高过了那些围墙。
树木一片连一片，
简直像湖水的波浪。
这里的布谷鸟，
没有去过北方，
在它的声音里，
拉萨也有了家乡的风光。

也许当我提到拉萨，
有人会觉得，
它远到了模糊的程度。
有人会用怀疑的眼睛，
搜索着西藏地图。

来吧，到拉萨来！
当你走进拉萨的街道，
你会惊奇那些石头楼房，
黄的、青的墙，五彩的门窗；
到处是精心的雕刻，
而鹰，飞在头上。
它像古代的堡垒，
它像一千幢石碑；
它和边疆的人民
年年抵挡着寒风，无比坚强！
整个拉萨，

就像用一座大山刻出来的一样。

楼房上，红色的广告：
内地的盐、茶！
成都的白糖！
天津的花布！
东北的新式步犁！
出租自行车！
美术照相！

顺着刻满花纹的木头房檐，
是新架的电线。
我常跟着它，到邮电局去。
从这里，我的爱人第一次接到电报，
电报，是我发的。
从这里，我收到连队的来信，
和我的第一部诗集。

现在，街道
还不是柏油的。
晴天，飞着尘土，
下了雨，满是烂泥。
但是，街道上的行人
不会因此减少；
人们知道，

明天的拉萨和边疆，
会是另外的样子。

这里需要有五条街的学校，
和三条街的书店。
现在的书店太小了，
我弯下腰才能进去。
书桌上摆着红色的诗集，
印着作者：马雅可夫斯基。
二十八年前，他就对我们说过：
“这里
城市会出现！
花园会有的！
因为
在我们国家里，
有这样的人！”
西藏的建设者，
可能还有人不知道马雅可夫斯基的名字，
但是，
每个人的心里，
都有这样的诗句。

雪山上的红霞，
已经和布达拉宫的金顶，
作了告别。

黑夜，要来啦。

街道上，电灯还不多，
酥油灯和洋蜡，
先帮帮忙吧，
西藏的河流，
已经列进了发电计划。

拉萨在夜里，
天空特别低，
树林和星星，
似乎碰到了一起。

人民医院的挂号处，
已经听不到护士们
喊着藏胞的名字。

实验农场的帐篷里，
收音机也关了。
天边有闪电，远处有雷声，
妻子低声对丈夫说：
“新开的荒地要赶紧下种了，
你听，今天夜里，又要下雨。”

远方的汽车队，

还在赶路;
深山里
还响着骡马的铜铃。
他们到达拉萨的时候,
也许正迎上黎明。
那时候,
在蓝玻璃一样的天上,
五星红旗沾着露水微笑,
中央人民广播电台,
向边疆发出第一声问候,
用《歌唱祖国》的歌声。

不论是藏族人、汉族人,
用一分钟穿好衣服吧,
迈开三公尺的大步,
去迎接光荣的劳动!

散会以后

听完了将军的报告，
跨出司令部的门栏。
拉萨上空的阳光，
在我们的军徽上打闪。

黄色的树林，也迎着风
谈论幸福的未来，
用它兴奋的手
和难以听清的语言。

藏族少妇怀里的儿童啊，
在第一个五年建设计划里，
你有些什么希望呢，
对一个年青的士兵？

噢，你笑了，笑得像你母亲，
你的笑，是对我的信任！
在建设边疆的道路上，
我会留下勇敢的脚印。

拉萨的一扇窗户

你爱你的窗户吗？
我是爱窗户的。

每天，
它第一个告诉我，
黎明已经来到。
这时候，在它外面，
第一队远行的汽车，
正从拉萨出发。

而在寒凉的月夜，
当我写作的时候，
它满贴着树叶的影子，
像是藏族阿妈的眼睛，
含着柔情的关怀望着我。

布达拉宫前的广场上，
还闪着酥油灯火，
拉萨小学的毕业生们，

为了庆贺拉萨中学的成立，
整夜唱着新编的歌。

窗户外头，
藏胞的村庄里，
上升着炊烟，
经常提醒边防士兵，
要保卫和平！

至于那些无边的山峰，
和那黑色的森林，
从窗口向我伸过手来，
那是催促我
到新建的矿厂去。

我的拉萨的窗户啊！
当我还来不及注意的时候，
多少楼房和电线，
又添进了它的画面啊！

你爱你的窗户吗？
我，是爱窗户的。

深夜，给风的命令

一

拉萨深夜的风，
在我的窗外嘶鸣，
窗子被猛烈推开，
我，也被惊醒。

啊，我欢迎你！
来自雪山冰河的大风。
你的来临，
使我非常高兴。

你和我一样，
有个不安静的性格，
你不愿坐下也就算了，
现在，请你走到床边，
听候我的命令。

二

请你带着我的敬意，
从这里向东飞行。
扫过色霁拉山上的古松，
进入波密地区，
在“西藏的江南”
你的脚步要放得很慢、很轻，
在那里，蝉声四起，柳绿桃红。

在修筑康藏公路的日子，
我在波密的山谷中顶着大雨，
踏过原始森林的泥泞。
如今，我的那些脚印，
早被汽车轮胎压碎了，
但那些粗壮的青冈树，
还形同战士的身影。

请你飞进扎木，
飞进那座电灯闪烁的新城，
以前，当我背着铁镐
从那里走过的时候，
它，并没有地名。
那时候，它什么也没有，
如果说有什么标志

还留在记忆里，
那只能是我们在行军中煮饭的灶坑。

对那座在我们的营火中
诞生的城市，
你对它说：
它的出现
是波密的田野上
第一朵幸福的花，
它的出现
是波密的天空上
第一颗吉祥的星。

三

然后，
请你转向南方飞行。
那里的雪山是最高的，
连太阳的光线
也冷得抖动。
而你，
要紧跟在巡逻兵的背后，
追上他
代表我向他们致敬。

在山下，
香蕉林里
刮着亚热带的微风。
夜晚，操场的银幕上，
出现了战士故乡的村庄，
他们睁大了眼睛，
寻找母亲的身影。

四

风啊，不要性急，
请你再等一等
我的话还没有说完，
喂，我说，然后，
你要向西方飞去。

让勘探队的红旗
带领着你，
你必须飞卷着砂砾，
漫过那无边无际的无人区。

来自青海和新疆的骆驼大队，
正驮着福州的茶叶、天津的布匹，
向藏胞的牧场走去。
在路上，

你会遇见他们，
优美的驼铃声
肯定会吸引你。

如果你愿意站在卡车头上，
数不清的路标和桩号，
会把你引到阿里。
当你在帐篷城里
迈着大步行走，
要对每一个建设后藏的人，
转致我的敬礼。

若干年后，
当你再穿越黄色的大戈壁
去访问紫色的古格王朝遗址，
你会在绿色的街道上迷失，
不得不腾空远离。

五

风，现在你可以
到北方去了。
轻轻地从雅鲁藏布上走过，
飞出羊八井石峡，
飞进当雄草原，

在唐古拉顶上唱歌。

当你遇见冲击冰雪的车队，
遇见那戴皮帽的藏族驾驶员，
你要问候他们，
我们在山石上结成的友谊，
世界上没有任何东西
能够把它打破。

你经过牧民的牛毛帐篷，
一定要慢一些，再慢一些，
你要记住：
阿妈的梦慈祥而温和，
姑娘的梦美丽而羞怯，
你敢惊扰，就是罪过！

在班戈克湖上，
你要停一停，
替我摸一摸湖上的
白花花的硼砂，
去对采砂工人们说，
我愿将我的诗歌，
和他们开采的产品。
堆在一起，交给国家。

来自雪山冰河的大风啊，
现在你可以走啦！
从我的房间走吧，
把我的命令记下！

悼擦珠·阿旺洛桑

西藏日报社副总编辑、著名学者、诗人、活佛擦珠·阿旺洛桑，在拉萨的小巷里被一个“疯喇嘛”打断脊骨，医治无效，不幸于12月1日逝世，享年78岁。

1957年的冬天，
我正踏着积雪
在山路上走着，
突然，传来了噩耗，
我的心因为过度悲伤，
不再是跳动，而是颤抖，
我在大风中摘下皮帽。

啊！藏族老诗人！
你虽然已经不在人世，
但是，我们永远记得
你的慈祥的面容
和举着红旗的影子。

要我悲哀地到你的灵前，

去献一条洁白的哈达，
这很容易。
我不会为你诵读经文，
我会长久地背诵你爱国的诗句。

你把一生积累的学识，
全部倾泻在这七年里，
为了西藏的新生，
你是开花的古树，
开得这样慷慨、无私！

你和我们永别了，
在送走你之后，
我看见，
从牧场上，从青稞地里，
从蓝色的湖边，从飞雪的深山，
沿着告别苦难的大道，
无数新的藏族诗人
正在大步走来！

愤怒的诗篇

《西藏日报》载：江孜头人本根却珠竟又将其奴仆、江孜藏训队学员旺杰平措抓到他的家中，关闭门户，亲手吊绑毒打……近两小时。

我来不及抖掉身上的尘沙，
用刚放下旅行袋的手
翻开那张报纸，
好像我也被关进
本根却珠的那间黑屋
遭了两小时的毒打。

我的兄弟啊，旺杰平措！
让我轻轻抚摸你的伤疤，
让我用握过枪、修过路的手，
抱住你，在江孜宗山下。

本根却珠，
当然，你知道你打的是谁，
你打的不是旺杰平措，

你打的是西藏的进步！
你打的是人民的幸福！
我们决不宽恕！

事情发生在江孜，
江孜，这是一块骄傲的国土。
1904 年的火炮和腰刀，
曾经使英国侵略者发抖。
江孜炮台
是爱国的西藏人民钢铁的脊骨。

历史不能停滞，
更不能倒退、重复！
住手吧，低头吧，
形形色色的本根却珠。
反帝爱国，团结进步，
这八个字是一座新的喜马拉雅，
谁想碰倒它，
一定会头破血流！

风沙·汗珠

西藏军区的数千名官兵，在大风沙中积极进行义务劳动，为拉萨第二小学修筑操场。此时，我想对孩子们说几句话。

像一个老兵习惯于
在战壕里讲笑话一样，
我是习惯于
在风沙中说话的。
我们的队伍，
不是在风沙中开来的吗？
这广阔而平坦的广场
不是在风沙中修起的吗？

孩子啊，
我们未来的日子里，
将充满阳光和花香。
也要有足够的准备，
在自己的道路上
穿越无数次风沙的阻挡。
在建设西藏的斗争中，

你们要像雄鹰一样，
击退暴风雪，
才能在晴空里翱翔。

当你们恋恋不舍地
在广场上游戏的时候，
请不必想起
在这片土地里
渗透着我们的汗珠。
你们只要记住：
还有人
想把你们的红领巾
换成牵牛拴马的绳索，
让你们再去走
被鞭打、被饿死的老路。
不要被风沙迷眼，
你们的血汗
才不会被别人吸去，
才能为人民灌溉幸福。

从拉萨到重庆

重庆！
十二昼夜以前，
当我在拉萨的街道上游逛，
我就深深地相信，
再见到你的时候，
你一定比过去更加动人、漂亮！

今晚，我走在你的街道上，
每座房子都像自己的家；
每扇窗户都像妻子的眼睛，
对我闪着多情的光亮。
啊，我的工业城！
你为社会主义辛勤劳动的成绩，
就像满山满江通夜不熄的灯火一样辉煌！

你前进的脚步放大了尺码；
解放碑的大钟发着战斗的音响；
江轮的船舱里，
增加着新产品的种类；

在“重庆”这两个字里，
包含了更多的钢铁的分量！

重庆，
你是放射着电力前进的，
你可知道西藏的羊卓雍湖吗？
虽然现在那里只有荒草和牛羊，
你的影子正映在湖上。
重庆，请你相信，
不久，将有你无数的兄弟城市，
站立在西藏的土地上！

处女地

——《当雄机场工地组诗》之一

有时候，白围巾一样的云纱，
降落到雪山的脚底，
牛羊的黑点，
出没在云雾里。

有时候，阳光照着整个草原，
草原安静地甜睡着，像婴儿。
蚱蜢不知在草丛中赞美着什么，
处女地和少女一样美丽。

啊，西藏，是时候了！
少女应该作妻子。
为了修筑高原的第一个民航机场，
我，来到这里。

战士们用匆忙的手势迎接我，
八月的风在工地上摇着红旗。

藏族民工的山歌和机器马达声
在草原上进行着惊心动魄的演奏，
傲慢的雪山也跟着点头。

曾经有过很多的藏胞，
在这样的草原上死去。
他们的头上是凶恶的牧主，
他们的温暖是一张羊皮。

如今，暴风雨已经来临，
冲掉了草原上痛苦的烙印。
当北京东的飞机在这里降落，
西藏的土地又多一层黄金。

悼杨军

当我认识你的时候，
那进军西藏的路上，
正刮着漫天风雪；
而今，我又在风雪中
和你告别。

我用这凌乱的诗句，
来表达对你的敬爱，
也让这沉重的语言，
分担我的悲哀。

在我的回忆里，
又出现一座座积雪的山峰，
和你那穿着粗呢子军装
走在士兵前头的身影。

你用清水拌糌粑，
把酥油分放在我们碗中，
你擦一擦粘着冰雪的眼镜，

笑着看你的士兵。

你的衣服补着补丁，
却说自己有些浪费，
你为革命爬千山、涉万水，
还常常感到惭愧。

在我们的心上，
你是政委，也是母亲，
我们将永远珍惜，
你留在进藏路上的脚印。

你在今年冬季，
突然永远长眠，
你把你的一生，
给了人民的春天。

注：杨军同志进藏时是第十八军先遣团一五四团政委，进藏途中与我在洛隆宗相识，我曾去该团一连兼任文化干事。他因在边疆积劳成疾而病故。

野营赞

像童话，又像幻梦，
一座座白玉石的宫殿，
出现在弥漫的风雪中。
这是我们士兵的帐篷，
在山崖上搭起的野营。

我沿着帐篷的街道走去，
看灯火连结着繁星，
夜风拂过哨兵的枪刺，
又把阵阵的谈笑传送。

我们的野营，我们的灶坑，
正是未来城市的模型！
城市一定会在这里出现，
就像大鹰不能住在山岭！

我悄悄地走进帐篷，
心里怀着尊敬，
司令员和政委，

正举着酥油灯，
手扶着行军床上的地图，
安排明天的行程。

啊，战士的脚步虽然匆匆，
一个脚印却是一粒籽种，
我们行进在春雷声中，
看西藏转眼间万紫千红。

巡逻归来

战士巡逻归来，
把马拴在门外，
肩上挎着步枪，
弯腰刨地种菜。

黑土被融雪浸透，
菜籽自家乡寄来；
从山东到西藏高原，
它将春讯捎带。

一粒小小的菜籽，
容量真似大海，
含着人民的信任，
含着母亲的情怀。

战士滴着汗水，
笑在脸上展开，
他种的不是菜籽，
而是对边疆的爱。

写在花圈上

这花圈是全村的藏族姑娘扎起的
这花朵采自融化了积雪的山岩
因为你们曾经不惜生命
为她们赶走了严寒
如今她们把家乡的春天
汇集在你们的墓前

登喜马拉雅

在茫茫大雪中，
我登上你的山岭，
我像潜水员
在海底潜行。

在我的背后，
祖国的土地正在春耕；
我的妻子，
为了迎接第一个婴儿，
正关起房门，
悄悄地学着裁缝。

我走着、想着，
早已经忘了寒冷。
我是祖国的卫兵！
我是祖国的屏风！

在我前面，
在刮着热风的椰子林中，

低头走着的是你吗？印度姑娘？
带着手镯，蒙着头巾。
当你用祖父留下的锄头
挖着殖民者的脚印，
你可曾看见，
我正从喜马拉雅的雪峰上
抛给你一颗兄弟的心！

山中问答

一个藏族青年，
想当边防士兵，
一天，他和打柴的老人，
相遇在山中。

“老大爷，请原谅我的冒失，
告诉我吧！
什么人才能当上边防士兵？”

老人望着他笑了笑，
转动着机警的眼睛。
他伸开四个指头，
回答得十分简明：

“对祖国如家庭，
对爱情如古松，
对敌人如猛虎，
对工作如蜜蜂！”

那青年默默地背诵一遍，
对老人鞠了一躬。

亚东之春

昨夜的雨中，
不是还夹带着雪片吗？
路边的三朵野花，
你们最先开放的是谁呢？

来自藏北旷野的汽车队，
停在泥泞的路上。
藏族姑娘穿着花裙子走过来：
“驾驶员同志，
是应该脱掉棉衣的时候了！”

山前的芭蕉，
山后的橘子，
都已经上市，
果皮上，还沾着
热带的雨滴。

边防军，巡逻归来，
为藏胞安装耕犁。

青松抖落着身上的积雪，
显得那么性急。

邮电局的大门。
突然显得小了，
人们拥挤在那里，
争着向祖国内地，
报告春的讯息。

乳白色的烟雾

乳白色的烟雾啊，
一朵接一朵往天上飞旋，
像是对人们夸耀说：
看，这里有多么美丽的草原！

教我如何不爱呢？
你，草原上的温泉！
那蒸气像洁白的纱巾，
飘拂在仙女的胸前。

啊，温泉，
虽然这里常常是冰雪连天，
我们建设者的血液，
也和你一样
终生热度不减。

项链儿

披一方湛蓝的头巾，
头发上戴着银子的首饰，
穿着绣花的鞋子、翠绿的裙子，
你已经够美丽了！
我还要在这北戴河的海边，
捡来彩色的小贝壳，
穿一串项链儿给你。

曾经有外来的强盗，
闯进你的闺房，
想把你绑架出去，
让你做一个卑贱的嫁娘。
好在他们的谋划，
终究成了梦想。

如今，在你的姊妹中，
你是获得自由较晚的一个，
大家都爱，帮你，
筑起幸福生活的厅堂。

我值得骄傲的是
把青春献给了你的解放，
从你的手中
我接过了用不尽的诗行，
我要用它来描述
你坚实的脚步，
多姿的倩影，
戴着贝壳项链儿的模样。

“这真地是一位姑娘？”
不，她是西藏。

八瓣菊

——《西藏的怀念》之一

八瓣菊正在怒放，
皋兰山郁郁苍苍，
兰州的上空，
飞过了南归的雁行。

我想起了拉萨的八瓣菊，
想起了积雪的山岗，
想起了盘旋入云的公路，
想起了草原的牛羊，藏胞的歌唱，
想起了西藏啊，
我的心灵中的故乡！

想起了山中的鹰，山上的兵，
想起了姊妹和弟兄，
想起那三千个日夜，
八百座帐篷……

顺手摘一朵八瓣菊，
哼一首西藏新生曲，
我们虽已相隔万里，
却一同在采花酿蜜，
谁能说这怀念是痛苦的？

明月出草原

明月出草原
几乎碰着了脚尖
像一碗酒
灌醉了牛羊
像一碟水彩
染黄了我的衣衫

草原真是爱打扮
夜间也戴金耳环
如果不是我还醒着
这美景谁能看见

虽然在水边
有一个青年走动的身影
但他焦急等待的
显然是另一种月圆

雪恋

夜，好静
风，无声
任思念和雪片
交织在长空

我爱雪
胜过春天的花
夏天的雨
秋天的月明

我爱雪
是因为爱它的故乡——西藏
啊，这不就是西藏的雪吗
仰天望去
隐约地显现出银色的群峰
军帽的红星

在边防哨位上
雪花，像慈母的发丝

从钢盔上滑下
在面颊上消融
是无言的叮咛

西藏的雪
埋葬过“探险家”的尸骨
冻裂过领主们的刀剑
滋润着翻身农奴的耕地

啊，雪呀
你是西藏的圣洁的衣裙
你是我的诗歌的精灵
只要西藏有雪
只要我的血管里有血
就会红白相映

夜，好静
风，无声
凝望着漫天的飞雪
它不正是从我的心头
喷射出的万朵礼花么
这礼花
在庆贺西藏的新生

乡愁

看见西藏来的汽车，
像握住老朋友的手。
我向着藏族驾驶员一笑，
代替一千声问候。

轮胎上还沾着唐古拉的积雪，
那是我搭过帐篷的山口；
车窗上还闪着日光城的阳光，
那是涂抹过我的青春的圣油。

你何时回去？
能不能带我走？
我虽然不是西藏人，
对西藏却怀着乡愁。

如果能加入藏族族籍，
我将第一个提出申请，
是感情，也是为了证明：
我们同属于复兴中华的民族。

我的盆景

一块山石，
一棵文竹，
权当是雪山的青松，
权当是西藏的缩影，
权当是用岁月煎熬的药，
医我的不治之症。

文竹在兰州，
——像我，
山石来自唐古拉峰顶，
——像诗，
重叠着，
使想象不再遥远而朦胧。

不能年年回去，
却天天都在重逢，
固执的心绞痛，
超时空的结石，
我的盆景，

合起来就叫做感情。

生死和爱，
都是可以写尽的，
对于我，
西藏是题材的永恒。

瓦合山顶的玛尼堆，
丹达山顶的帐篷，
药王山顶的电视塔，
是头三个音符，
后边乐章无穷。

我的盆景中，
文竹会老的，
山石却永远年轻。

致西藏话剧团

1962年6月2日，西藏话剧团来兰州演出了《文成公主》，看后即兴写诗祝贺。

皋兰山上浓绿，
皋兰山下欢聚。
一代新演员，
却是旧相识。

11年前我见你们，
背水，支差，挨鞭子。
如今，民主改革的阳光，
照得你们面颊红润；
民主改革的雨露，
在你们的新衣上盈盈欲滴。

你们的精彩演出，
使汉藏关系更加亲密。
我们同在百花园里，
一定后会有期。

致藏族飞行员

——祝贺我国第一批藏族全天候歼击机飞行员

你们是谁？
我不认识。
仅凭“藏族”这两个字，
就是一首诗！
我想追赶你们，
也只有用我的想象，
我的回忆，我的诗句。

在藏族地区，
有许多会飞的东西：
雄鹰、百灵、天鹅，
神话中的骏马，
传说中的仙女……
但是藏族人民
——那些世代的奴隶，
却长久地匍匐在地，
统治者当地毯踩，

农奴主当牲口骑。
他们何曾有过翅膀？
只有在他们的目光中
才有天空；
只有在他们的幻想中
才有飞的权利。

而今天，
作为他们中的一员，
你们代表着他们，飞了！
高速地，大声地，全天候地，
飞起来了！
在新华社的电讯稿上，
掠过了你们的英姿。

什么叫冲破阻力？
什么叫一跃而起？
字典，显得概念而肤浅了，
你们，是最好的注释。

望机场，
像一个巨大的谱架，
你们撤去了
旧时代的尾声，
展开了
新时代的序曲！

不 悔

说什么“愿走海、北、天、南，
不去新、西、兰”[①]，
我就是在新、西、兰，
过了青年，又度中年。

举手报名进藏，
三调北京不还。
不是不爱故土，
故国比故土更广更宽。

何必去重叠万千的脚印，
幸福自古靠初探。
雪峰高过层楼，
山歌响过鸣蝉。

① “海、北、天、南”指上海、北京、天津、南京。“新、西、兰”指新疆、西藏、兰州。

回西藏

飞行在云海之上，
我俯瞰第二故乡。
西藏在哪里？
哪里是西藏？

云朵忽然散开，
边疆万里阳光。
我通过小小的窗口，
撒下无限的向往。

百万翻身农奴，
正谱写崭新的篇章。
西藏啊，你的一个老兵，
又回到了你的身旁。

是什么飞快地掠过？
是达玛拉的雪峰、
波密的森林、
尼洋河的波浪。

是什么永久地闪光?
是进军的脚印、
筑路的铁镐、
不锈的刀枪。

转眼间，飞机着陆，
打断了我的回想。
亲切的藏族乐曲，
回荡在拉萨机场。

“到了？”“到了！”
这点时间，在进军的年月，
还不够趟一条冰河，
还不够登一座山岗。

以往，是神话般的路程，
今天，是神话般的速度；
是啊，脚步沉重的西藏，
已经插上了翅膀飞翔。

对着拉萨的新街，
我投出惊奇的目光。
我的心像一颗铜铃，
被春风不停地摇响。

拉萨已经认不出我当年的模样
—— 一个小伙子，穿着军装；
我也找不出拉萨当年的景象
——领主楼上坐，乞丐躺道旁。

革命的战斗历程，
战士不应当遗忘。
在我的心中，
永远有两个西藏：

一个，蝎子洞张开了血盆大口，
一个，普照着金色的太阳；
一个，刻满了支差的足迹，
一个，到处是大路和桥梁。

没有战友倒下，
哪有红旗飘扬；
没有雪地露营，
哪有万座新房。

我在新拉萨走着，走着，
我把新拉萨望了又望。
这是我战斗过的地方，
也是我受教育的课堂。

西藏素描

茂密的森林，
是你美丽的刘海儿；
喜马拉雅，
是你高大的身材；
碧蓝的湖水，
是你含情的眼睛；
无边的牧场，
是你宽广的胸怀。

你从领主的皮鞭下，
一跃而起；
又从极左的压制中，
抬起头来；
雪山的回音壁，
在放大你的笑声；
雪莲的金钥匙，
正把你的智慧打开。

重逢在高原

——献给西藏的老战友们

一别若干年，
重逢在高原。
不道姓名不敢认，
何时两鬓斑？

进藏到今天，
话儿说不完。
艰苦的岁月涌脑海，
崭新的西藏入眼帘。

不觉夜风寒，
对坐不想眠。
战友抱来皮大衣，
披在我双肩。

大衣好熟悉啊，
缝补过多少遍！
藏族阿妈手中针啊，

战士手中线。

川西到藏南，
风雪征尘满。
好像一本活日记，
待我从头翻。

这扣眼，插过格桑花，
是藏族姑娘采来挂在你胸前。
这袖口，曾被血泡染，
在怒江西岸开荒大生产。

这后背，
深山里背柴曾磨破；
这前襟，
炸山的碎石曾擦穿。

人们叫你“老西藏”，
敬爱在心田！
这件“老羊皮”，
越久质越坚。

明朝又分手，
也许又是许多年。
我会见你还继续披着它，
走在西藏山水间。

进藏老战士合唱

在庆祝西藏和平解放30周年大会上，当年进军西藏的部分老同志组织了合唱团一起登台演出。

报幕员一声
“进藏老战士合唱”，
我已经热泪盈眶。
这是场难得的演出，
这是个醉人的晚上。

大幕拉开了，
好像打开了
西藏近30年的历史，
从第一页起
就闪出耀眼的光芒。

这么多亲切的面容，
男、女，汉、藏，战友、首长，
肩并肩站得这样挤，
手拉手排得这样紧，

就像横断山脉的缩影一样。
舞台太小了，
怎么容得下
他们广阔的心胸，
他们驰骋的疆场，
他们热爱的西藏！

歌声里飘着
昌都、拉萨、日喀则、阿里、山南、那曲的行云，
歌声里跳着
金沙江、澜沧江、怒江、年楚河、雅鲁藏布的波浪。

我听见了！
冰河上战马嘶鸣，
雪山上军号嘹亮，
还有，阿妈送行的叮咛，
筑路炸石的炮响。

我看见了！
积雪中跋涉的脚步，
寒风中军旗的飘扬，
还有，雪片一样的决心书，
补了又补的军装。

啊，我们曾在一起，

那情景终生难忘；
我们又在一起，
共度这幸福的时光；
我们还会分别，
但会永远合唱！

在拉萨（组诗八首）

唱给拉萨的情歌

在布谷鸟叫的季节，
在紫丁香初开的时刻，
你瞧，谁又来了？
不是陌生的远客，
是一名西藏的痴情者。

不论多么长久地分别，
总不能把你忘却。
我的稿纸上，
总有一串进藏的脚印；
我的笔管里，
总有一条蓝色的拉萨河。

不论我哪一次回来，
脉搏都急跳着喜悦。
从心窝抽出无尽的情丝，
织一条哈达献给你，

像积雪一样的光洁。
白天，我到处走，
我呼吸的不是空气，
而是整个的你；
深夜，我睡熟了，
你化作我梦中的明月。

假若我是方的，
我愿做你脚下的踢踏板；
假若我是圆的，
我愿做你腕上的海螺镯。

即使我有千手千眼，
每一只眼都凝视着你；
每一只手都和你紧握。
即使我有个酒的大海，
每一碗都为你而饮；
每一滴都向你祝贺。

经过了 30 年风雨的梳洗，
你的姿容已成为开不败的花朵。
我虽深信，但仍祈求：
你的歌声多些，再多些；
你的微笑甜些，更甜些……

布达拉宫

何处是宗喀巴[①]的脚印？
何处是仓央嘉措[②]私开的旁门？
真实的历史，见证犹在；
丰富的传说，幻影难寻。

十三层石堡驮载着一千年盛衰，
一千间宫殿装满了三百年风云。[③]
信徒的血汗化作了数不清的珍珠，
奴隶的白骨炼成了称不完的黄金。[④]

在这座西藏的博物馆中，
酥油灯和电灯正在并存。
有的人用眼睛观察社会，
有的人用嘴巴默诵着经文。

① 宗喀巴，西藏格鲁派藏佛 教的创始人。

② 仓央嘉措，第六世达赖，西藏著名诗人。他为了夜间外出方便，开了个旁门，自己带着钥匙。

③ 布达拉宫最早为松赞干布于公元 636 年所建，后焚于雷击和战火。公元 1645 年，五世达赖洛桑嘉措对它进行了全面重建。

④ 仅十三世达赖灵堂的珍珠塔 (即曼陀罗) 就由 20 多万颗珍珠构成，他的肉身灵塔就用了 18，870 两黄金。

药 王 山

千百次地望过你的身姿，
却没有攀登过一次，
不是珍惜时间和力气，
而是想保持你在我心中的神秘。

如果到达了你的峰顶，
整个拉萨就会一览无余，
固然可以得到高度概括，
但却失去了想象和含蓄。

让拉萨怀抱中的你，
成为我解不开的题；
让你睫毛下的眼神儿，
成为我猜不透的谜。

龙王潭

论大小，只不过几百步，
论幽美，我叫它拉萨的西湖。
翠蓝的天空增添了它的明亮，
布达拉宫的倒影探不出它的深度。

古老的石碑和小伙的胸膛一样挺着，
垂柳的枝条和姑娘的发辫一起飘舞，
谈情的人都懂得追寻诗的意境，
黄昏的含蓄，晴日的明朗，雨中的烟雾。

不多的亭台接待着众多的游人，
友好的微笑消散着远客的孤独。
融雪的土地到处都有花开，
有泉的池塘永远不会干枯。

舞　蹈

双脚像骏马疾驰，
双臂像雄鹰展翅，
动作毫不费力，
就搬来了西藏的天地。

诗是文字的舞蹈，
舞蹈是动作的诗；
它们越是浓缩，
越能流传不息。

女声演唱

从歌曲的声浪里，
我看到了羊卓雍湖的涟漪；
从摆动的彩裙上，
我看到了在湖边走动的仙女。

仙女在幕中隐去，
歌声也已经消失；
在西藏到处欢唱的，
是翻身农奴的儿女。

藏　戏

许多年转眼过去，
再没有看过藏戏。
更美了，绚丽的服饰；
生疏了，夸张的面具。

在生活的舞台上，
不也见过丑恶的假脸么……
震天动地的鼓钹，
淹没了我的叹息。

拉萨街头之夜

假日的夜已深，
树影中，灯火如磷，
布达拉宫闭起了困乏的眼睛，
街头上却聚集着不睡的人群。

一手端着青稞酒，
紫红的木碗镶着白银；
一手提着收录机，
正响着优美的六弦琴。

接过酒碗就是朋友，
拉起手来就是舞伴，
白天逛林卡都一样兴致未尽，
多年的郁闷都已是散去的烟云。

虽然民族不同，服饰各异，
聚在一起就不愿离分，
“扎西德勒”[①]是共同的语言，
感受相近，自然相亲。

道一声“皆玛皆雍”[2]！
乐曲和身影渐渐消隐。
把星光和灯光留在那里，
去联接绚丽的清晨。

---

① 藏语：吉祥如意。

② 藏语：回头再见。

西藏的云

爆炸了一颗
用黑墨汁制成的原子弹

不会弹棉花的人
把白絮崩得七零八散

一条又粗又长的哈达
挂在山岭的腰间

把太阳藏匿起来
亮点都是疑点

海潮倒立
怒浪滔天

怪兽相斗
昙花一现

淡淡的写意画

扬帆的航船

刺天的仙人掌
垂天的葡萄串

诗匠在云下临摹
诗人在云上涅槃

西藏的蝴蝶

翅膀汇集了青松、白雪，
触角独向寂寞处探索。

无意去冒犯泰山之鹰，
高度自有人公正地评说。

爱装点迟开的花朵，
最懂得晚来的春色。

告别贡嘎机场

从这里，踏上西藏的土地，
从这里，割舍和拉萨的相依；
我来时，祈求着晴朗的天气，
我去时，倒盼着挽留的阴雨。

跑道上，铺满了诗句，
山岭上，起伏着韵律，
我的爱恋，我的记忆，
比雅鲁藏布更深、更浓、更绿。

留下歌声和脚印走了，
把泪水带上了飞机；
拉萨——成都——兰州
汇成了一线心中的小溪。

会飞的哈达

——纪念藏族大诗人仓央嘉措诞生 300 周年

一个夭折的天才，
不灭的诗魂！
在门隅的密林中，
棒拉山口的雪地里，
布达拉宫的台阶上，
青海湖的岸边，
留下了深坑般的脚印。

他继续游荡着
——这位 23 岁的老人。
所有的百灵式的舌尖，
全西藏的六弦琴，
都不曾间断过他的声音。

用学者的笔当拐杖，
来到了祖国内地，
又走出过国界，

依然有太多的人，
认不清他的面容，
叫不出他的名字，
测不透他那颗
永远年轻的心。

不是神圣的教主，
不是平凡的百姓，
不要怪他风流，
不要涂以金粉，
他仅仅是一个
伟大得可爱的诗人；
他所追求的
只是普通人生活的天真。

西藏贵族的山，
蒙古王公的山，
驮着私利，
排挤，推进，
夹成一道峡谷，
他窒息着，不得脱身；
康熙皇帝拂了拂龙袖，
决定了他最后的命运。
有多少奇花异草，
倒伏于驰骋权利的车轮！

他的诗歌，
60 首也罢，
120 首也罢；
谐体也罢，
三台词也罢；
情歌也罢，
不是情歌也罢……
是属于十亿人的，
这就是不用考证的结论。

他的家乡太遥远了，
那边的山太高，
又遮掩着深深的雪，
厚厚的云。
也许，
那些朴实而精美的诗句，
真诚而浓烈的情感，
只是几粒灰尘？
他 300 周岁了，
最热衷于开会的
也没有为他开一个会，
倚马万言的电子笔
没有为他著一篇短文！

让我这首诗
变成会飞的哈达，
献到西藏去，
作为设立
“仓央嘉措诗歌创作奖”的
第一份基金。

扎西讲恋爱经过

春季，
我骑马在大路上奔驰。
卓玛姑娘拦住马头说：
“如果喜欢我，就把我驮去。”

夏季，
我躺在草原上闭目沉思。
她瞄准我的嘴，
扔来一块巧克力。

秋季，
她蹲在花丛里.
冷不防跳出来，
抱住我，
死也不松开两臂。

冬季，
她坐在我家门前，

整日地哭泣。
我替她擦干了眼泪，
于是，举行了婚礼。

十进拉萨

两个小时，
我就从成都赶到了这里。
机翼下、雪山中，
还留有我步行了半年的足迹。

十次别离，
十次团聚，
一次比一次爱得更深；
拉萨
在我眼前，
正走向现代化的现实。

我没有带哈达来，
只带了一只无酒的酒瓶；
我没有带诗作来，
只带了一支无水的钢笔。
我知道：
醉意——你会给我盛满，
诗意——你会给我灌满，

每一回都是如此。

我第一次来，
是 19 岁，
如果能活到 90 岁，
我还会再来看你。
那时候，
我当然是 90 岁的老人了，
你却会变成 19 岁的少女。

拉萨之恋

一

褐色的石头
墨绿的草
组成四周的山峦
一只吊在
3700 米高处的
古老的摇篮
林卡铺得严严的
是厚厚的绒毯

我和我的诗
在这里长大
它盛着
我的婚礼、我的奖章、我的版权
随后
绳子硬被割断
把我抛落到
遥远的沙漠的边缘

二

在世界屋脊的梁上
布达拉宫是一丸泥
八角街是一丸泥
药王山是一丸泥
贡嘎机场是一丸泥
垒起一个散发着
酥油香的窝
我成了一只燕子

在记忆中
在梦里
也抖动着翅膀
(重长起羽毛真不容易)
向西飞去

三

据我父亲讲
八字先生说我是金命
金主西
我就进军西北、西南、西藏
我是不信命的
只忠于自己的感情和愿望

又要去么
还敢去么
去干什么
…………
我不回答这些
只顾收拾行装
我是一条倒淌河
我的海
是雪的家乡

四

才旦卓玛长大了
我是谁她不知道
听说是十八军的老兵
捂给我一个蜜桃
金珠梅朵长大了
没当过支差的农奴
读着《大雪纷飞》
拧紧了细长的眉毛

都长大了
都没有鄙弃历史
这真好
在罗布林卡的帐篷里

我喝干了三瓶酒
留下了一串微笑

五

秦陇的水我的远祖喝过
齐鲁的水我的近祖喝过
幽燕的水我自己一出生就喝过
五千年的融合
谁能肯定
我的血管里
流的是纯汉族的血液
一个藏族诗人
给我起了个藏族名字
他自己也有个汉族名字
分什么族别
中华民族的桨
荡的是一条长河

六

对于衰老
我绝不献哈达
如果自信不死
也挺傻

生命是会枯的草
爱情是不凋的花
我会化为骨灰
我的诗又会化为我
最后都属于拉萨

又下雨了
下得很大
拉萨够美了
还在梳洗呀
想到我又要离去
真教人心乱如麻

拉萨第一夜景

药王山顶的电视塔，
周身亮起了红灯。
那最顶端的一盏，
紧挨着天上的星星。

写西藏新的历史，
它就是不弯的铁笔；
插西藏新开的花朵，
它就是吉祥的宝瓶。

西藏跑新的马拉松，
它就是高擎的火炬；
西藏的每一个夜晚，
都有了直立的彩虹。

我坐在布达拉宫下，
观赏拉萨的第一夜景，
我的心，我的诗，我的祝福，
都溶进了仙境的灯影。

致夏川

夏川，原名卢镇华，河北平山县人。1935 年考入北平新闻专科学校，1937 年参加山西青年抗战决死队。曾任十八军宣传部长、八一电影制片厂副厂长、西藏军区副政委、西藏文联名誉主席。中国作协会员。我第一次与他相处是 1951 年 3 月从新津同他一起进藏。

你在北京有个温暖的家，
你的头上添了更多的白发，
却戴起花镜向上级写请求，
请求重返西藏，调回拉萨。
有人说这是何苦！
有人问：你是不是发傻？
你的意志，
西藏的大山最理解，
何必回答。

你在西藏好多年，
吃惯了糌粑酥油茶。
几回内调不走，

屡次放弃休假。
有人说你是木疙瘩，
有人问：你到底图个啥？
你的激情，
西藏的江河最理解，
何必回答。

你曾在拉萨种下一棵小树，
归来一看已经是密枝繁花。
你扑上去紧紧地抱住它，
用一串串热泪浇洒。
有人说你是精神病，
有人问：你是不是植物学家？
你的胸怀，
西藏的蓝天最理解，
何必回答。

藏北风光

草原绿得没法
天空蓝得没法
洁白在天地之间
是峰顶的积雪

日光真亮
好像有两个太阳
云朵用投影
给大地印花

裸体的大自然
只有线条和皮肤
眉毛的溪流
眼睛的湖水
对谁都闪着秋波

黑色的牛群
白色的羊群
在下围棋

永无胜负
只有变化

风
热中有冷
冷中有热
戏弄着牧羊女的红衣裳
吹瘦了狐狸的尾巴

我走在宽银幕立体电影中
总也走不出画面
是没有台词的主角

唐古拉

雪峰升得很高
太阳降得很低
在空中相爱

阳光因积雪而更亮
积雪因阳光而更白
历千古而无猜

在海拔 5，500 米处
我捡得一片山石
上面浮雕着云海

我用雪水擦净
装进大衣口袋
一个不朽的题材

战友的手

——写给吴寿桐

多年离别，
重逢在离别的地方。
上前紧握你的手，
啊？这样瘦小、无力、没分量！

原来你
曾在深山迷了路，
两昼夜，风雪茫茫。
宁可冻掉了手指，
把衣被盖在战马上。

有的人用十个指头，
天知道掐算什么！
完整却残缺，
一握透心凉。

你的手指是红烛，

在边疆燃烧，放光。
让我再握你的手吧，
像握住西藏的山，
像握住优质的钢。

哀战友

——飞向张耀民骨灰盒的诗

张耀民，陕西耀县人，是最早从西北进藏的干部。我担任西藏军区文工团创作组副组长时，他是组员，后任西藏文化局副局长。他病逝于家乡，讣告却是由西藏文联寄来的。

我心内的拉萨十分贴近，
我身外的拉萨却非常遥远。
这讣告是用牦牛驮来的吗？
竟走了整整48天！

六月到七月是一步比一步炎热的，
信封里却抽出阵阵的严寒
——是你？真是你就此永远地走了！
当必然到来时也总是突然。

在那不会再有的追悼会上，
你是否曾挤过致哀的人群查看？
是否不无疑惑地发现，

没有我发的唁电，我献的花圈，我拟的挽联？
你在故乡的土地上告别人间，
却留下了使大雁塔也为之动容的遗言：
把骨灰运回西藏，埋在拉萨，
补偿对祖国一角、中华一族的苦恋。

我与你相识相亲 24 载，
拉萨共烛，北京共室，兰州共餐。
一提起西藏和文学就眉飞色舞，
像在珠穆朗玛峰顶燃起火焰。

不论是悲剧的翻浆路面，
不论是喜剧的紧急转弯，
你用足够的忠诚和痴情，
跋涉在一层风雨一层鲜花的高原。

再去拉萨时再见不到你了，
你倒下了，闭了双眼
——西藏又多了一泓清澈的湖，
又多了一座头顶雪盔的山。

致西藏战友

山谷中还响着我们的声音，
冰雪中还刻着我们的脚印；
我们把青春的年华献给了西藏，
西藏也给了我们心灵的青春。

奔向边疆时走同一条路，
捧给祖国的是同一条心；
雀儿山的峰顶，布达拉的金顶，
与我们的忠诚永久并存。

在世界屋脊上结下的友谊，
应当是世上最崇高的情分；
像美酒越陈越香，
像丝扣越拧越紧。

那年代一天的并肩战斗，
胜过后来十年的近邻。
记忆的海洋上虽也变幻着风云，
珍贵的和美好的都不会下沉。

致西藏的雪山

你昂着不屈的头颅
头盔闪着银白的强光
最后送别月亮
最先迎接太阳

你，祖国西南的石柱
一系列最为豪壮的形象
我的目光一碰到你
心中就发出雪崩般的轰响

西藏的雪山啊
雪山中的西藏
我三番五次地回来看你
从四川的空中、青海的地上

在最冷的地方我收获过人间温暖
在最高的地方我跌进过深渊万丈
是你拉着我深沉了思念
是你举着我美好了向往

我把宝贵的年华交给了你
你送我永久的青春作为报偿
我把最深的脚印留给了你
你把它变作了我无尽的诗行

西藏的雪山啊
雪山中的西藏
我虽然不是佛教徒
但你是我心上的佛光

再致西藏雪山

一

想到你们
我就热泪欲滴
说到你们
我就语无伦次
写到你们
是走入朝圣的终点
身心因敬仰而战栗
望见你们
是注目父母的雕像
禁不住要匍匐在地

你们是如此巨大
只有西藏的蓝天容得下
你们是如此沉重
只有西藏的荒原托得起
你们是如此雄伟
鹰飞到极限

只像是黑色的斑点
你们是如此峻峭
拔高了地球
构筑成世界的屋脊

我踏进你们终年的积雪
喘息你们稀薄的空气
陶醉于你们的怀抱
才是 19 岁的年纪
我把黄河、永定河、汾河、渭河、
嘉陵江、长江、青衣江的水滴
一起从军装上抖下来
溶入你们晶莹的冰粒
我的青春与你们的古老
融合得意外地默契

短短的八年
八千年难遇
一把锁叫缘分
再加一把锁叫感激
我和你们连在一起
终生不弃不离

二

我从来没有见过
像你们这样的洁白
无色是最美的色
它压倒了一切色彩

你们千古不移
万古不衰
一尘不染
一念不差
一言不发
一眼不睁
挺立在世俗之外

你们是哲学题
大艳不丽
你们是神秘咒
大惑不解
你们是无字之歌
大音不响
你们是无香之檀
大花不开

炽热无比的内心

冰冷无比的外表
蕴含的是什么思想
谁曾、谁敢、谁能细猜

你们比远古更古
是无名之海拱出的胚胎
不屑于翻看薄薄的历史
对人类有什么记载
你们被视为神山
正因为具有佛性
超越了一切的欢乐和悲哀

我被迫告别西藏
已经57载
为了医治思念
我又回去三次
近距离重睹你们的丰采
西藏变年轻了
我变老了
只有你们的头颅和衣裙
依旧神圣而洁白

只要你们在
我不会寂寞
如果忘记了你们

有可能类似痴呆
因为
你们的外形是山
你们的智慧是海

三

顶天立地的你们
是天和地的化身
因为代表着天地
你们不仁

不仁就是不偏不倚
不仁才能一视同仁
最无情者最有情
绝无私心

对于攀登者
不助
对于失败者
不悯
对于诅咒者
不怒
对于颂扬者
不亲

上至雪崩
下至溪流
不针对任何人

祈求保佑的
请求宽恕的
一厢情愿地等待恩准
讲求情面的
追求富贵的
投射的是亵渎的眼神
只有我
一个你们抱大的诗人
理解你们的沉默
伟大的胸襟

你们离太阳最近
由于赞赏天空的透明
用反射增强了阳光
你们离污秽最远
为了告诫人间的冷暖
自身保持着恒温

你们在西藏矗立着
在我的面前矗立着
在我的心上矗立着

无声的光
照亮了我的灵魂
洁白的雪
教我懂得了纯真
你们永远是
我的至圣
我的至尊

雪崩

冬季是如此漫长
冰冻住春的向往
草的碧绿、花的娇艳
全都被深深地埋葬

孤独如厚重的积雪
忧伤悄无声息
大山的胸膛填满失望
一直到地老天荒

忽然间亮起佛光
白度母从天而降
引发了万雷轰击的雪崩
没有谁能够阻挡

峡谷裸露出原状
峰顶见到了太阳
石头兴奋得发抖
一切都得到补偿

雪崩中的山享受痛苦
雪崩后的山像是新郎
甩掉冰衣雪帽的捆绑
搂住整个的西藏

藏地的春讯虽然迟来
美丽的格桑花无比芬芳
醉了的山睡入金色的海
雪崩的回声化作了歌唱

西藏的雪和太阳

西藏的雪最白
西藏的太阳最亮
太阳热不了雪
雪也冷不了太阳

西藏的雪最高
西藏的太阳最低
太阳不亲吻雪
雪也不拥抱太阳

太阳和雪
只有在这里
关系奇特
距离适当
地久天长

西藏的蓝天

西藏的蓝天
地球上独一无二
没法画，没法写，没法比
看着看着
就忘记了呼吸

想搂抱它
怕粘住了手臂
想钻进去
怕碰碎了玻璃

哈达般的白云
经幡般的雄鹰
都被那深深翠翠的蓝泡醉了
飘飘然落到湖光里

我平生最爱蓝色
进入西藏以后
才知道别的蓝
都像假的

心里话

——祝贺西藏和平解放50周年

如果把我的一生比作一本书，
哪是最光彩的一行字？
如果把我的一生比作一亩园，
哪是最美丽的一朵花？
我的回答是：
参加了解放西藏，走进拉萨。

我们用血汗把荒原滋润，
我们用双脚把幸福播撒，
我们用热情把积雪融化，
我们用肩膀扛倒了黑暗的铁闸。
然后，一个个地离去了，
含着惜别的泪花，
告别阿妈，告别阿爸，
告别扎西，告别卓玛。

50年前，

我们的头发是茂密乌黑的，
西藏的层层雪山满头白发。
如今，
我们的头发白了，
西藏进入了青春的年华。
我们的军装脱了，
西藏披上了保卫边疆的铠甲。

50 年过去了，
兴奋地重游故地也罢，
感慨地重温旧梦也罢，
亲热地重逢老友也罢，
祝福新世纪的西藏扎西德勒！
是我们共同的一句心里话。

想起我在西藏骑过的马

每当我想起初次进西藏
就会想起我骑过的那些马

屁股上烙着印子的军马
一听到枪声就容光焕发的马
马头上结着红穗子的藏马
不再无偿的支乌拉的马
让我拽着尾巴上山的马
失前蹄把我摞下来的马
走着 S 形奋力爬陡坡的马
在草原上直线奔驰的马
整天在大雪山中吃不到一棵草的马
和我一起流着鼻血精疲力竭的马
在飞雪中变成了白马的黑马
看见同类的尸体会甩头流泪的马
用蹄子将山石敲出火花的马
狂奔回自家槽头的马
使我离家越来越远的马
肆无忌惮地追逐异性的马

老实得有些腼腆的马
始终朝西前进的马
知道我的青春重量的马

按照马的寿命测算
他们都已经成了骨架
竖起来可以搭一座凯旋门
横过来可以做国境线的篱笆
变作笔画可以写一部史诗
魂魄都融入了西藏的朝霞

西藏的战马

删除了翅膀的雪山之鹰
浓缩了身形的渡江之龙
萍水相逢的忠诚战友
无言无名的军中英雄
若再长嘶一声
我会老泪纵横

想起龚巧明

——纪念她的60诞辰

你很中国
与龙共生
你最后的文章
预言自己要会合
川藏公路的英灵
怎么就那么巧
你飞入了尼洋河
你的游魂
和雪水一样透明

为了文学的高度
你从川西盆地
向世界屋脊攀登
（那正是印满了
我无数脚印的行程）
你用汉族才女的细笔
刻下了七位藏族作家的身影

你在 37 岁的滑落
是西藏文学的
一次初春的雪崩

我未曾祭拜
你拉萨西郊的坟茔
我只记得
你以湖边羚羊的姿态
坐在我兰州的家中
远方的酥油灯
照耀着我们的友情

你走了 13 年了
依然没有走出西藏
年年盛开的格桑花
就是你微笑的面容

[附记] 龚巧明（1948—1985）祖籍湖南，生于南京，毕业于四川大学中文系，自愿去西藏工作，在《西藏文学》任编辑。因车祸坠入尼洋河殉职于林芝。著作有《这片绿色的土地》《第二乐章：希望》《思念你，桦林》等。

回望西藏

我曾登上西藏 15 座大山的峰顶
我的衣角和雄鹰的翅膀一起飞腾
阳光下的积雪洁白了我的胸怀
翠蓝无边的天空深邃了我的眼睛

我曾下滑过雀儿山中的冰谷
我曾踩踏过怒江悬崖的麻绳
我曾乘坐牛皮船与激浪搏斗
我曾牵着饿坏的战马雪夜独行

我寻找过六世达赖仓央嘉措的足迹
我刻录了藏族姑娘央金支差的身影
我默哀过长眠在青松下的无名战友
我谱写了铁山也要劈两半的筑路英雄

那些蒸腾着香气的草原好醉人啊
那些倒映着雪山寺庙的湖泊好明净
那些浸透着酥油的糌粑好香甜啊
那些散发着牛粪味的炉火暖心胸

一个人不能没有生活的亮点
总要干点儿值得骄傲的事情
我在西藏奉献了八年的青春
足够我回味无穷，幸福一生

那里是西藏

那里有亮得不能再亮的太阳
那里有大得不能再大的月亮
那里有挤满了夜空的星星
那里有飘满了草原的花香
那里有映着天的翡翠的湖水
那里有挂着云的哈达的山岗

那里的姑娘扎着彩虹的围裙
那里的阿妈像母鹿一样善良
那里的歌声清脆婉转又高亢
那里的寺院闪着金子的光芒
那里的积雪是银白之海的大浪
那里的森林是松柏青冈的天堂

我曾把最低的欲望
扼杀于最高的海拔
我曾把最大的热量
散发在最冷的地方
我的肉身走遍了五湖四海
我的灵魂至今在那里游荡

西藏农奴的眼睛

西藏在夜间
最美丽的是天上的星星
又大又亮又密又低
像珍珠帘子对着前胸
像翡翠帐篷罩在头顶

西藏在白天
最美丽的是农奴的眼睛
小鹿般善良
冰雪般晶莹
月亮般柔和
湖水般深情

他们能看到最高的山峰
他们能看到最蓝的天空
他们能看到肥壮的牛羊
他们能看到矫健的雄鹰
却从来没有看到过真正的光明

他们看着阿爸在支差的途中倒下
他们看着身上起落着主人的鞭影
他们看着儿子和饿狗争一块剩骨
他们看着不准成婚的情人去做朗生[①]
却只能眼含着热泪默不作声

他们的眼睛睁得再大
也是被蒙住的
谎言和威吓像厚厚的乌云
不让他们窥见真情

有的人什么也看不见了
被领主挖掉了眼睛
即使在黑暗中含冤死去
噶厦[②]的法律规定
奴隶的命价
只等于一根草绳

赤罗旦巴效[③]
在那个春雷乍响的三月
西藏农奴都有了涅槃的眼睛
他们看见恶狼在逃窜
他们看见孔雀在开屏
他们看见雪山的太阳
竟然这样明亮

他们看见五星红旗
竟然这样鲜红
他们的瞳仁儿里
有金桥有天路有明珠有神鹰[4]
谁还敢蒙住它
谁还敢挖掉它
它已是无比的神圣
它和13亿双眼睛望着一个方向
唵嘛呢叭咪吽[5]

---

① 朗生：家奴，旧西藏地位最低的奴隶，无人身自由。
② 噶厦：西藏地方政府
③ 藏语，意为“万岁”。
④ 分别指公路、铁路、电站、民航。
⑤ 六字真言，表达对幸福的憧憬。

思念西藏

我不能
不能不思念你
那雪山那冰川那森林聚合在一起
沉入我记忆的海底
生成了美丽的珊瑚树
永远不会漂移

我不能
不能不思念你
那蓝天那白云那湖水聚合在一起
映入我明亮的眼底
生成了定型的美丽
永远不会过时

我不能
不能不思念你
那贫穷那苦难那悲惨聚合在一起
写进我愤怒的笔底
生成了农奴的诗句

永远不会抹去

我不能
不能不思念你
那酥油那奶茶那青稞酒聚合在一起
流进我饥渴的心底
生成了甜香的呼吸
永远不会消失

我不能
不能不思念你
那卓玛那达瓦那扎西聚合在一起
刻进我欢乐的心底
生成了珍贵的情谊
永远不会背离

怀念雪山

你们如此巨大而遥远，
回归到我的梦里。
你们太寂寞了！
明亮的阳光，
大鹰的翅膀，
都没有声息。

你们在蓝玻璃一样的天空下，
排列出洁白的牙齿；
坚硬的牙根，
是青藏高原的大地。
从来不咀嚼什么，
连一棵草也不吃，
只呼吸稀薄的空气。

你们成群结队携手而来，
表情冰冷，内心炽热
像白衣闪光的仙女。
云的纱巾，星的绣花，

纠缠着婀娜的身姿。
你们排列成世界上最伟大的雕塑馆
永不关闭。

我登上过你们之中的 25 座[①]，
把每一座的海拔增高了 1.82 米。
你们把壮丽送给了我，
我把青春留在了那里。
这是我毕生的骄傲，
这是我们特殊的缘分，
因为我是平原上长大的孩子。

从平原到高原，
高低不平是我的名字，
是我一生的崎岖；
高低与冷热，
也是人类的历史，
地球的轨迹。

① 我在西藏翻越过的大山有二郎山、折多山、海子山、雀儿山（巧拉）、埃拉、哥利拉、宗义拉、甲皮拉、育吉拉、达马拉、瓦合、麻利、贡拉、巴拉、蒴马拉、郎拉、叶拉、年拉、初次拉、安久拉、色霁拉、米拉、岗巴拉、雪霁拉、唐古拉等。其中二郎山、折多山、海子山、雀儿山在今四川省、原西康省境内。

西藏评语

外冷内热的大菩萨
七彩缤纷的大园林
昂首天外的大英雄
冰清玉洁的大美人

看锅庄

如果你没有见过
格桑花在春风中竞相开放
如果你没有见过
大鹰在蓝天上展翅翱翔
如果你没有见过
火焰在草原上欢快地燃烧
如果你没有见过
白云在衣袖上飞旋飘荡
如果你没有见过
彩虹在地面上连成圆圈
如果你没有见过
友谊和爱情瞬间成长
那就去看一看
藏族的锅庄[1]

---

① “锅”是藏语“圆圈”的意思；“庄”即卓，意为“舞蹈”。锅庄（卓）即圆圈舞。有时千百人手拉在一起跳。

看高山油画《雅鲁藏布江边》

本来就在天上
上面竟然还有天
水是从云中来的
又回到云的中间

远的和近的没有界限
动的和静的不好分辨
一切都有生命
生命悠久而悠闲

我的诗就浸泡在这里
我的爱就埋藏在这里
只是远远地飘走了
那只载我青春的牛皮船

题高山油画《西藏古格王朝的大鹰》

如果没有这只大鹰
古格王朝就难找踪影
如果没有这只大鹰
阿里就降低了天空

如果没有这只大鹰
天上的云、地上的河
身上的血、心中的情
就会停止流动

它是无人会织的哈达
它是无人会念的贝叶经
它是腾飞起来的化石
它是西藏历史的精灵

它用钢铁骨架的翅膀
鼓起世界屋脊的长风
打破荒凉的凝固
呼唤大地的葱茏

题珠峰彩云

俄罗斯学者巴图诺夫幸运地抓拍到西藏珠穆朗玛峰上空的彩云。

和世界屋脊的山峰一起远眺：
千万条七彩的哈达结队而飘；
仰面飞游的度母在沐浴佛光；
刚刚涅槃的凤凰在梳理羽毛；
也许是仓央嘉措诗中的白鹤，
在邀请崔颢的黄鹤一同逍遥？
也许是外星人对人类的速写，
在此留一个表示善意的微笑？
我猜不透这奇景的真实含意，
但愿从今后地球上祥云缭绕。

点燃青稞酒

这起伏的山是谁的天堂？
青稞酒点燃了谁的悲伤？
——张语和

青稞酒
是山野间的歌唱
是会流动的格桑
是浓缩在银碗里的圣湖
是浸泡在我心底的藏乡

青稞酒
是我衣袖上的斑痕
是我诗歌中的芳香
是我青春不息的激荡
是我老年回味的悠长

青稞酒
是麦粒膨胀的记忆
是积雪融化的闪光

是甜丝丝的思念
是热辣辣的向往

青稞酒啊
我端着你 70 度的原浆
只要一滴酒加一根火柴
就会点燃我的悲伤
燃烧成美丽的凤凰

题妻子

——进藏女兵照

有女兵的勇敢又有少女的纯洁
战争的硝烟遮掩了眉眼的羞涩
西藏雪山的月光和帐篷的烛光
听到过我们低着头悄声地诉说

留下了身影不等于留住了岁月
记忆的牙齿并不能把青春咬活
头上的天空虽然深邃而又辽阔
也装不下那么多的悲欢与离合

我的保护神

我要揭示一个秘密，
我的冥冥之中的保护神：
一位是诗人仓央嘉措，
一位是我的生身父亲。

60 年前
我是父亲最爱的长子；
300 年后
我是仓央嘉措的知音[①]。

父亲离开了青海，
葬在了故乡的山下；
仓央嘉措来到了青海，
圆寂在美丽的湖滨。

我也曾披枷戴锁[②]，
重踏过他俩的脚印，
浩瀚的盐湖上，
混合着古今的泪痕。

瞻仰过刚察的仙女湾[3]，
凭吊过西宁的观门街[4]，
我仰望着雪峰、蓝天，
一次次祭拜不屈的灵魂。

夭折或者长寿，
都无关生命的真谛；
年龄或者年代，
都无碍成为亲人。

他俩在天庭看着我，
无声地挥动着拂尘，
不让挡我的山坡越来越陡，
不让陷我的泥泞越来越深。

爱和善的凝结，
超民族，超岁月，
超身份，超辈分，
是万世不倒的昆仑。

他俩不曾显灵，
也不曾托梦，
一直在保护着我，
你不信，我信。

① 父亲病重时曾写诗寄我："花不常好，月不常圆，人生哪能百年？我有文武双全的平儿，愿意弃世长眠。"2003年，我出版了长篇小说《仓央嘉措》。13年来，共印行了六种版本。

② 1958年夏，我被西藏军区补划为右派，被武装押送着由拉萨经青海来到甘肃。

③ 1706年夏，仓央嘉措被质疑为"假达赖"，被武装押送京师，在青海途中"病故"。传说青海湖边刚察的仙女湾是他的魂归之处。

④ 西宁市的观门街曾是父亲工作单位的所在地。1957年他病退离开了青海。

仓央嘉措，你在听吗？

——写在“青海第二届仓央嘉措情歌音乐会”上

如此众多的多情的男女，
聚集在刚察的同一个夜晚，
用深深的爱织成密密的网，
织进去300年的爱恋，
一次又一次地打捞
你沉没在青海湖底的情感。

湖水好冷啊！水色好蓝！
六弦琴把湖水弹热了，
歌声把波浪染成了花瓣。
你的灵魂像天鹅，
展开诗的羽毛，
在仙女湾的上空盘旋。

仓央嘉措，你在听吗？
你在听你的歌吗？
你的心还在痛吗？

为什么激烈地震颤。
今晚，我的年轻时代身影，
又从布达拉
越过了唐古拉，
停留在青海湖边。
那是我们被押送着
共同走过的路线。

诗就是悟，就是佛，
诗人就是痴，就是善，就是受苦受难！
仓央嘉措，你在听吗？
你是否看见
此刻，我泪流满面……

仙女湾与仓央嘉措

传说青海省刚察县的仙女湾是仓央嘉措的安魂之处。

在青海湖的北岸
有一处美丽的仙女湾
上和下是云和天鹅的白
下和上是水和天空的蓝

牧女之神华旦拉毛
驾驭着风雨雷电
去营救一位伟大的远客
仙女们演奏着琴瑟管弦

24 岁的仓央嘉措
抒情诗人仓央嘉措
六世达赖仓央嘉措
被迎接簇拥到此间

这是西王母和穆天子幽会的地方
这是五世达赖流连过的地方

这是刚察部落唱他的诗的地方
为他在水下修好了宫殿

他不愿去见傲慢的康熙皇帝
又摆脱不了凶悍的拉藏汗
身后的拉萨和前方的北京
都对他高悬起无情的锁链

他再也不想走了
一缕不屈的诗魂
变为涛声阵阵
化作天鹅翩翩

仓央嘉措的复活

那是在
309 年前的冬季
24 岁的你
被邪恶之手
突然推倒在地
魂飞于青海湖
永别了家乡门域的炊烟
永别了布达拉宫的坐垫
永别了拉萨酒店的灯光
和月光与波光融为了一体

你是没有骨灰的活佛
没有灵塔的达赖
没有坟墓的诗人
没有家室的男子
你被“诏执京师”之后
就没有了任何名义

第巴桑结甲措

蒙古的拉藏汗
还有康熙皇帝
三股绳拧着权力
越拉越紧
使你窒息
他们与爱无关
他们与诗无关
必然会毁灭你

当天，你就复活了
从木刻版的书页里
从雪域甜美的歌声里
从各种翻译的文字里
今天，你活得更开心了
走进小说
走出绘画
走上舞台
走遍了中国的大地

你带着你的诗
到处走着
面对不同的解释
你有时微微一笑
有时皱皱眉头
不作别的表示

因为大家都是善意

你不止一次地发现
不是你的作品
却署着你的名字
你不判定它们的优劣
也不猜测他们的动机
你知道
会有人出来说明事实

你，复活的仓央嘉措
永远再不会圆寂
你的复活
不是简单地还原自己
是展示难得的醒悟
恢复必要的记忆
反思惨痛的历史

你，我们的仓央嘉措
左手托着诗歌之星
右手托着人性之花
从珠穆朗玛的峰顶上
迎着祈福的霞光
向众生高高举起

布达拉宫十三行

——我用13行诗来写13层的布达拉宫

想到它我就怀念西藏
遥望那金碧辉煌的拉萨
世界上没有任何摩天大厦
能够有三千七百公尺的海拔
它虽是布达山上十三层的宫殿
鹰的翅膀云的飘带都在它的肩下
红宫在东白宫在西衔接得完美无瑕
千百扇朝南的窗户开放出敬佛的鲜花
我曾经走遍它的每一磴石阶每一层木梯
思想在哲学与历史的交融回味中得到升华
宫里的酥油灯和天空的太阳照耀着两个世界
愿善良的心灵与和平的生活降落到所有的人家
为此我才用这十三行文字建构起一座诗的布达拉

藏　刀

它不是湖水
能储存倒影
它不是雪山
也闪着白光

不用计算
我知道它有千斤重量
不会说话
我知道它来自西藏

一边雕着飞舞的龙凤
一边刻着尾花的怒放
把天和地拉到了最近的距离
让大自然紧贴着人的胸膛

曾挂在卓玛的腰间
曾握在扎西的手上
拔出来切肉剔骨
插进去存放吉祥

我轻轻地抚摸着它
双手散发出酥油的芳香
它就是我的久别的青春
它就是我的爱情我的梦乡

贺魏克百岁生日

我在远方，
给您老贺寿啦！
我的西藏老首长，
我的山东老乡。

我们相识在 68 年前，
进军西藏的路上。
在昌都的 52 师师部，
我们一顿吃了三个菜
——牦牛肉、肉牦牛、牛肉毛，
笑得那么爽朗！
在场的还有一位
老乡、老领导——阴法唐。

我不会忘记，
是你们攻占了康西重镇，
促进了西藏的和平解放，
正如我永远记得，
杂曲和昂曲，

在那里汇合成了澜沧江。

给您老拜寿啦！
我的山东老乡，
西藏老首长。
您的筋骨，
像巍峨挺拔的泰山；
您的激情，
像奔腾的雅鲁藏布江。
是您的著作《不屈的西藏人民》，
吸引我登到了江孜宗山上，
写出了长诗《古堡》；
在拉萨的藏式楼中，
您那和蔼的笑容，
时常在我的眼前绽放。

魏克老首长！
您是开不败的花朵
您迎接的不止是
一百个春天的太阳！

雪线上的雪

我的穿着皮裤的双腿
被你深深地埋住
不让我轻易迈出一步
我每移动一下
你就咯吱一声
喊出原始的痛苦

为了世界屋脊的群山
能发出春天的交响
为了开满格桑花的土地
再没有戴锁的农奴
我只好打破你的平静
划一道进军的印符

冰 川

雪，洁白晶莹
冰，玲珑剔透
经过了冷冷暖暖的锤炼
自愿在低处停留

像天降下闪光的长剑
雪山伸出它巨大的舌头
你只要说出只言片语
就会有江河奔流

保持住沉默的节奏
绝不可喋喋不休
只要用舌尖儿一舔
就足够造一片绿洲

轻轻走过你的身旁
悄悄叫你一声朋友
我们有相同的属性
坚硬中饱含着温柔

雪　山

如果山上没有雪
就像大海没有浪
看起来令人寂寞
鹰也会迷惘

对于雪山
我不是无故的偏爱
因为我青春的脚印
曾经被积雪深埋

我曾在雪窝里露营
无边的白色山峰
就像象牙雕刻的古城
天上的星星是路灯

雪山矗立在边疆
它就是我的胸膛
外面是闪光
里面是坚强

洁白的西藏

洁白的山在空中矗着
洁白的雪在山上卧着
洁白的云朵在天上飘着
洁白的温泉在地上冒着
洁白的羊群在草原上走着
洁白的哈达在人群中献着
洁白的海螺在寺院响着
洁白的灵魂在佛前笑着
洁白的玉镯在手上亮着
洁白的仙鹤在湖边站着
我在世界屋脊高举起白旗摇着
向大美投降

大雪纷飞

一

江卡呀！
我的江卡！
好大的风雪啊，
我走了……
你，听不见我的话。

天上的大鹰，
迎着风雪飞，
是为了振奋自己的羽翼，
它越飞越高，越飞越远，
没有悲哀，也没有牵挂。
而我呢？江卡！
主人的急令，
不容我回头，
我不能和你告别，
我只敢偷偷地
念一声你的名字。

大雪飘落着，
我的脚印，
转眼就被淹没。
我们的父母，
不都是在出差的路上，
白了他们的头发?

当月亮升出故乡的湖面，
我不能再到湖边来了，
你也别再来找我；
再不要像呆了似的，
望着我来的小路，
等啊，等啊……

主人派我上冈斯拉。
主人听说，
那里有最好的羊群，
羊毛长得像柳条，
白得像雪。

冈斯拉，
传说它非常遥远。
一路上有狂暴的风雪
和陡峭的高山，
但是你不用挂念；

我们是在风暴中一起长大的，
你心爱的姑娘央瑾，
会和你一样勇敢。
我替主人找到最好的羊群就回来，
我把羊皮样子交给主人，
那时候，不等月亮出来，
我们就到那清澈的湖边，
坐在石头上，手拉着手，
直到天亮，
直到我揹水的时刻，
直到主人呼唤……

故乡平静的湖水，
风一吹就皱了；
当我和你别离的时候，
我的心就乱了。

虽然这不是第一次分别，
也不会是最后一回，
可是我一想到
这是迎着风雪向西走，
就止不住我的眼泪。

江卡，
松树移到石头上，

到死也还是松树！
哪怕我们要有一千次别离，
背水的姑娘央瑾，
大眼睛的央瑾，
嘴唇像野樱桃一样红的央瑾，
她总是你的！

晚上，
当你打柴回来，
当你知道了
我出差到冈斯拉的消息，
千万别怪我来不及看你。
我是人家的仆人，
不能随自己呀！

二

我刚走完了
一道荒凉的山谷。
在那里面，
荆棘挂破了我的衣袖，
并且常常有不怕人的
花毛的小鸟，
飞落到我的肩头。

现在，
我又能看见，
大片大片的阳光了。
在我面前，
出现了一个村庄。
这是我几天来，
第一次又看到炊烟，
和一群群晚归的牛羊。

这里没有湖水，
也没有我的主人家
那样高大的石墙。
不知道为什么，
我却觉得，
它像我们的家乡。

当我想到故乡的时候，
总是想念你；
当我想到你的时候，
总是想念故乡。

难道我是孩子吗？
为什么这样想家？
甚至家乡的湖上的一个波纹，
回想起来，也对我充满了柔情；

家乡的一片树叶，
对我都十分亲切。

翻遍世上的山，
走遍山间的路，
有几个像家乡那样美丽的湖？
在洒满阳光的湖面上，
波浪轻轻一跳，
就能碰着垂柳。

还有那棵老松树，
树根伸到了湖心，
树枝插入了云头。
就是落上一百只鹰，
也不过像雨点儿掉到湖里一样，
连眼力最好的人也要发愁。

江卡呀，
可惜咱们的湖，
不懂得咱们的苦。
它老是那么美，那么平静，
像一面蓝色的镜子，
让周围的雪山做它的镜框，
让白云的影子在上面浮游。

夏天，
在湖水的边沿，
飘过主人们华丽的衣衫，
他们手里拿着
水晶石做柄的太阳伞，
悠闲得真像神仙。

岸边，
那些破旧的土屋上，
上升着断断续续的炊烟。
满脸皱纹的老阿妈，
坐在石头上，
在雪风里淌着眼泪，
为孩子的衣服捻着毛线。

有时候，
你沿着湖岸来了，
我先看见了你的影子，
却故意背过脸去
向湖里扔石子儿，
直到你叫我一声“央瑾”！
你责备我说：
“难道你讨厌我了吗？
为什么把我湖里的影子打乱？”

我越往西走啊，江卡！
越是想念故乡，
就越觉得我该出嫁啦。
为什么我没有对你说过
我要嫁给你呢？
唉！我的江卡！
连好心的阿妈
这样问我的时候，
我都没有回答。

三

我走累了，
就在路边坐下来，
静静地仰望一会儿天空。
白云，昨天是向西的，
今天，它又向东飞行。
看到这些我忍不住高兴，
白云不正像是我吗？
在离开故乡的路上，
不久又会印上我回家的脚印。

现在，月亮落了，
我停止了一天的行程。
为了不被冷风吹醒，

我住宿在一个不深的山洞。

不知道为什么，
我忽然变得这样
爱凝视天空?
从青石洞口，
我望见了一颗星星，
我确信故乡
就在这颗星星的下面，
似乎我已经看见了
它那在湖里的倒影。

现在，有谁能告诉我呢?
这颗星叫什么名字?
也许因为它不大，也不太亮，
就连最熟识星星的阿妈，
也没有讲起过它的故事。

江卡!
你也在看着这颗星吗?
这颗星就是我的眼睛。
它不大，是因为我离你太远，
它不亮，是因为我太伤心。

如果你一夜都在望着它，

我也望它一夜，
那我们这一夜
就算是没有分别。

如果你正在烧着牛粪炉子，
或是又在缝补你
打柴划破的皮靴；
江卡，那就是说，
你没有看见这颗星，
你也许没有想到我。

不，你会想着我的，
并不是因为你发过誓言，
你，比什么誓言都更可靠。
你对我的真心，
就像高高的雪山，
任凭狂风暴雨吹打一千次，
也决不会动摇。

你的心思，你的苦恼，
你的眉头一皱，
那是在想什么，
大眼睛的央瑾我全知道。……

你说，

为什么越怕分别的人，
越是要分别呢？

江卡，我无论走到什么地方，
总是想起你，想起家，想起阿妈，
想起故乡的湖，
想起土屋上的炊烟，
想起卓玛的山歌，
想起你穿着旧皮靴，
拖着沉重的脚步，
从我的门前走过。

我是一个女仆，
每天都出入主人的大门，
可是为什么，
除非看见了华丽的楼房，
总不会想起主人？

如果我走得更远、更远，
我会完全忘记了他们。
江卡，这样不对吗？
我认定，
一个善良的姑娘，
对自己的感情应当信任。

睡不着觉的时候，
总是爱胡思乱想的，
我不愿再乱想下去了。
为了让自己安静，
我凝视着那颗星。

看啊，看啊，
渐渐地，
那颗星星没有了。
是它在什么时候，
变成了流星吗？
还是我闭上了眼睛？
啊！好冷啊！好困！
漆黑漆黑的夜呀！
没有了，那颗星，
星……

四

我病了。
但是，江卡，
你不要以为我病得很可怜，
不要以为我无人照应。

我病在一个好心人家里，

他是一个老人，
没有儿子，也没有女儿，
眼看就是走不动的人了，
却依旧孤苦伶仃。

不，他说他有过一个女儿，
名字也叫央瑾，
不过她五岁上就得病死了，
紧跟着她那死得更可怜的母亲。

老阿爸对我说，
如果他的小央瑾不死，
现在只比我小一岁，
也许正和我今天一样，
被主人派到远方去，
病倒在荒山野林。

不知是什么神，
为我们安排了同样的命运！
江卡，我第一次想到
我们未来的儿子
还得去当仆人。

对于这位老阿爸，
我不愿谈到我们的离别，

也不敢说思念亲人，
他的头发已经全白了，
我深怕伤着他的心。

我甚至想到
我可以做他的女儿。
但我不敢说出来，
因为我身上有主人的使命，
病好了还要登程。
老人已经尝够了
生离死别的痛苦……
江卡，我真说不清楚，
我现在的心情。

夜里，大雪飘着。
我发烧烧得口干舌焦。
我忍不住哼了一声“我要喝水”，
老阿爸是那样机警，
立刻爬起来，
披上羊皮袄，
背起水桶就开门走了。

我没有力气阻止他，
我强止住呼吸听着、听着，
听见他正用石头，

在风雪中的冰河上敲。

可是啊，江卡，
他至今不告诉我他的姓名。
他皱紧了眉头说，
生活惹怒了他！
他不愿让任何人知道，
有他这样一个人曾经活过。

我哭了，
不是因为病得厉害，
而是怕听他的话；
怕听他那充满了诚恳
但是绝望的声调，
那声音苍老而沙哑。

现在，大概又已经是半夜了，
我的病已经转好，
我悄悄地向屋子里望着，
黄色的酥油灯火，
还在离他的白发很近的地方闪耀。

在他身旁，
我的已经空了的皮口袋，
被他添满了糌粑，

一条风干了很久的羊腿，
在袋口上插着。

他已经为我的启程，
准备得十分周到。
江卡，你也记住他吧！
记住这位好心的
无名的老阿爸！
等回来的时候，
我一定再来看他，
吻他的皱纹！
吻他的白发！

五

穷人家的姑娘，
是买不起镜子的。
今天我在小河边上照了照，
才知道自己瘦了。

你的央瑾逐渐消瘦，
并不是因为吃不上酥油，
（在家里，一年又能吃几回呢？）
而是她心中忧愁！
谁能知道，

这里离冈斯拉还有多远?
难行的山路,
何处是尽头?

走哇,走哇,向西走,
山沟没有了流水,
山上没有了树木,
一连几天看不到炊烟,
有时候,过路的乌鸦
凄惨地叫几声,
好像在嘲笑我说:
啊,可怜的姑娘,
为什么这样孤独?

太阳落了,月亮又升起,
我只愿向西,向西!
地上连草根都找不见了,
江卡,我真想放声大哭,
冈斯拉!
它还有多远?
主人要我找的
最好的羊群啊,
又在哪里?

主人会欺骗我吗?

啊，有谁会对我存着坏心？
我，央瑾，
什么时候，
欺骗过别人？

江卡呀，
我突然想到了珠金，
我不禁两眼发黑了，
恐惧，占据了全身。
珠金侮辱过我，
他强迫我收下
那条绣花的围裙，
并且骂你是恶鬼转生。
想到他，想到这个
真正的恶鬼，
我就气得发抖，
你知道，我把裙子撕得粉碎，
当时，我顾不得他是主人的亲信。

主人派我远行，
难道是他的主意吗？
难道是他存心要折磨我？
难道是珠金这恶鬼，
不想让我和你成婚？

不对，他没有主人钱多，
他收买不了主人。

一路走着，想啊，想啊，
我想起来啦，江卡！
我的主人说过他认得你，
他说你是一头好牛，
但是他说：除非央瑾为主人立下大功，
不让她离开主人的家门。
他说我在和你成婚以前，
必须尽完仆人的责任。

是的，他说过这些话！
虽然说了很久了，
今天差我到冈斯拉，
就是要实现他的话。

啊，江卡，
你看我这么傻！
走了这么远了，
才猜出主人的好意，
才明白，将来回到家，
会得到怎样的快乐！

孔雀在河边喝完水飞了，

才想到河水是甜的；
你的姑娘央瑾走到远方，
才知道回去就要出嫁。

主人的骡马有千百匹，
都有别的用处；
主人没有给我马骑，
我比马走得更疾。

等我为主人立功回来，
等我做完了仆人该做的事，
那时候，
央瑾就不只是你爱恋的姑娘了，
央瑾就成了你的妻子！

看前面云雾飞腾，
好像海水一样；
积雪的山尖，
直立在云雾之上。
江卡，
那就是冈斯拉！
风啊，你刮烂我的衣衫吧！
你吹乱我的长发吧：
你尽管想着推倒我吧！
我要走！攀着岩石，爬着峭壁，

我要走完最后的一段路，
然后，噢，多么好哇！
然后，就可以回家！

六

………………

江卡，你瞧着我笑什么？
主人的好意我猜着了，
你的央瑾回来了！
不知道为什么，
经过长久的分别，
见过了陌生的人家，
回到你身边，
倒越发害羞啦。

你往湖里瞧瞧，
我的眼睛不敢直着看你，
我的脸红得像牡丹花。
在湖边，在树林中，
啊，江卡，那是什么？
别说了，我羞死了！
阿妈，我要谢她一万次，
她为我们两个，
织了一座多么漂亮的帐篷！

不久，我们会有自己的牛羊。
主人因为我立了功，
再不会差我远行。
江卡，
白天我和你一起上山打柴，
晚上我们一起听阿妈讲星星。

我刚回来就要出嫁，
连换一条新裙子都来不及。

月亮上升的时候，
我们就是夫妻了。
等不到明年今日，
我就会当母亲了。

啊，当母亲？
这有多么怕人！
我能行吗？
我会做母亲吗？
我？大眼睛的央瑾？

江卡，
你为什么老是对着我笑啊？
难道你猜出了我的心情？
不，你猜错了，

我并没有怕，
我能做一个
善良温柔的母亲。

你看，
新帐篷里的酥油灯亮了，
湖上映出了第一颗星。
阿妈在呼唤我们，
参加婚礼的客人已经来临。

沿着湖边回去吧，江卡！
你说：
我真地是你的妻子了吗？
你怎么老是看着我笑，
不点头，也不回答？

七

刚才，冻僵在雪山中的央瑾，
在返回故乡的幻觉里，
度过了她短短的一生中
最后的时刻。

大雪到处飘落着，
究竟在哪里呢，

央瑾要找的羊群?
到处飘落着大雪,
它在哪里啊?
央瑾要找的冈斯拉!

大雪淹没了她的衣裙,
大雪埋住了她的手臂,
渐渐地,在风雪中,
只能隐约地看到
一根红色的头绳,……
啊!大雪纷飞!

1957.01.21—26 于拉萨含泪写成

旧体诗卷

进藏途中（十首选三）

一

朔风扑面旗飞红，攀岭踏冰拉萨城。
雪落黑骑皆白马，藏胞额手颂神兵。

二

大河响如雷，猛浪试军威。
獐鹿视我笑，鹰雕绕旗飞。

三

奇峰是剑天是弓，且把风声作鼓声。
雪海无边绝鸟影，朝朝暮暮背朝东。

题西藏前线己照

一十七岁换戎装，父母泪别舍故乡。
怀揣纸笔轻生死，幸未朝人放过枪。

天安门西二台观礼

我因在康藏公路修筑中荣立二等功，曾作为“中国人民解放军英模代表团”成员赴北京参加1953年“五一”观礼，位置在天安门观礼台西二台。

身披西藏雪与风，军帽国旗红照红。
纵距北京千万里，常温西二台间情。

进军西藏愧无大作

小诗三册墨不浓，画出几颗英雄星？
雪崩怒浪犹在目，战歌马嘶时荡胸。
固知此间风景好，应描世界屋脊红。
长卷未成终有愧，七十年代须竣工。

题大渡河桥彩色照片

此水不是那时水，此桥仍是那时桥。
一代战士容颜老，豪情岂会随雪消？

拉萨赠新战友

春日回眸即巧逢，诗歌为引吐蕃行。
认完战友认同病，看罢舞台看人生。
何以军装如翠柳？原来胸臆赛晴空。
蒙君索句正研墨，一片桃云落雪峰。

赋别夏川

1981年5月，应邀回拉萨参加和平解放西藏30周年庆祝活动，又得与老首长、西藏军区副政委夏川欢聚。

犹记当年同进藏，重逢两月如一晨。
老兵常念武才子，故垒欣迎文将军。
偏向残垣清瓦砾，独朝边防献忠心。
雅鲁藏布醇如酒，雪消极地任耕耘。

贺西藏军区成立 45 周年

四十五载回头望，万千脚印更闪光。
天蓝旗红壮豪气，山雪河冰热肚肠。
爱听农奴唱解放，喜看哈达挂钢枪。
青春有幸献西藏，无愧无悔梦也香。

贺西藏军区成立60周年

六十年前时，军行在雪峰。
青春献西藏，豪气贯终生。

参加西藏军区文艺团队老战友联谊会活动即兴

魂绕神往在蓉城，芭蕉林中春正浓。
黄土高原念西藏，川西盆地聚友情。
昔日虽有不圆梦，今朝足可慰平生。
明年携手跨世纪，拉起手来是彩虹。

携回唐古拉山石

出自海拔六千米，岱顶形状金玉质。
西藏山石最耐冷，包回不用军大衣。

往事愧悔

当年徒步进军西藏，半年未给家中写信。母亲每天上下午两次在门口等候邮递员，终是失望，她猜测我已牺牲。此事令我自责至今，不孝之罪断不可恕。

倚门半载待邮差，日日不闻儿信来。
雪域军中竟忘母，罪责锁死打不开。

纪念潘多

惊悉女登山家潘多逝世，她曾与我共同出席过阴法唐将军的家庭舞会。痛惜稍定，口占古体四韵。

生在珠峰下，登上珠峰巅。
首位奇女子，北坡等闲看。
藏族农奴后，坚定似雪山。
人当效潘多，奋力多登攀。

悼李觉将军

李觉曾任西藏军区参谋长、副司令员，二机部副部长，核工业部顾问。惊闻他逝世的噩耗，想起生前曾与我畅谈，音容俱在，倍感哀痛。

山东大汉[①]很传奇，弹雨枪林克硬敌。
西藏进军自请战，乔装印度走单骑[②]。
呕心创建核基地，沥血修成天上衢[③]。
英姿道骨眼前映，遥望北京热泪滴。

---

① 李觉将军系山东沂水人。身材魁梧。

② 进藏初期，部队遭遇粮荒，他曾装扮为商人从拉萨去印度采购。

③ 指川藏、青藏公路。

题擦擦

拉萨逢老友，送我小擦擦[1]。
此乃密修术[2]，绝非在恋花。

① 擦擦：藏语，指泥模小型佛像。
② 密宗修行的法术，源于印度。

代文成公主拟诗二首

告别长安

西出长安兮大雪飞扬，
泪眼回望兮不见宫墙。
身后有美图兮蓝田种玉，
身前忆惨景兮火烧阿房。
心若孤鸿兮悬空难落，
吐蕃路寒兮何其漫长！
车马辚辚兮别故土，
旌旗猎猎兮向异邦。
元宵兮无月，
五内兮悲凉。
文成舍身兮何为？
惟愿四海兮安康。

告别人间

重病卧于吐蕃兮长安不见，
风筝坠于风云兮线断天边。
酥油灯摇曳兮月落星残，
闻鸡鸣天晓兮辗转难眠。
春花早谢兮未结一籽，
空房独守兮三十一年。
青丝变白发兮过半，
红颜生皱纹兮不堪！
雨雪霏霏兮青海道上，
杨柳依依兮大昭寺前。
吐蕃臣民兮多良善，
我将永逝兮来相怜。
此身命薄兮无怨，
此生憾深兮无言！
佛祖唤我兮无可留恋，
手抖笔颤兮地转天旋。

附录

被选收、转载主要目录

高平西藏题材诗歌

打通雀儿山

《解放军文艺》1952年5月号，题为《劈开雀儿山》，署名：进藏部队战士

《西南文艺》1952年8月号，题为《打通雀儿山》

中国唱片厂1953年灌制唱片

收入1953年10月出版的《从豫皖苏到康藏高原》

见《大家唱》1954年8月号

收入1954年10月出版的《解放军战士短诗集》

见《解放军歌曲》1956年3月号

收入西藏人民出版社1984年12月出版的《纪念川藏青藏公路通车三十周年文献集》

收入西藏人民出版杜1985年7月出版的《西藏创作歌曲选》

见解放军文艺出版社1987年6月出版的《李伟歌曲选》

收入湖南文艺出版社1989年10月出版的《第二野战军老战士诗抄》

收入《王千声乐作品选集》云南人民出版社1999年6月第1版

收入解放军文艺出版社2005年出版的《新中国军事文艺大系·诗歌卷》（光盘）

阿妈，你不要远送

《解放军文艺)》1954 年 5 月号

收入解放军文艺社 1980 年出版的《1951 — 1979 诗歌选》

收入西藏人民出版杜 1981 年 8 月出版的《西藏诗选》

收入人民音乐出版杜 1983 年 2 月出版的《美丽的西藏，可爱的家乡》

收入西藏人民出版杜 1984 年 l2 月出版的《纪念川藏青藏公路通车三十周年文献集》

收入 1984 年西藏出版的《西藏歌舞》

收入西藏人民出版杜 1985 年 1 月出版的《西藏诗选》

收入西藏人民出版社 1985 年 7 月出版的《西藏创作歌曲选》

收入西藏人民出版社 1987 年 7 月出版的《庆祝西藏军区成立三十五周年诗歌选》

收入湖南文艺出版社 1989 年 10 月出版的《第二野战军老战士诗抄》

收入四川人民出版社 1991 年 5 月出版《西藏军旅文学选粹》

收入西藏人民出版社 1998 年 7 月出版的《洗衣歌—罗念一创作歌曲选》

收入解放军文艺出版社 2005 年出版的《新中国军事文艺大系·诗歌卷》（光盘）

济南师范《校友通讯》2008年1月30日第1期转载

见电影《我的格桑梅朵》插曲

见《白银文学》2008年12月第4期

见《诗江南》2016年1月1日第1期

收入《诗家园—高平卷》章治萍主编 天马图书有限公司2019年1月出版

致田野

《红岩》1956 年 8 月号

收入中国作家协会编、人民文学出版社 1957 年 8 月出版的《1956 年诗选》

收入西藏人民出版社 1981 年 6 月出版的《西藏诗选》

收入上海文艺出版社编选、1981 年 9 月出版的《中国现代抒情短诗 100 首 (1919 — 1979))

收入西藏人民出版社 1985 年 1 月出版的《西藏诗选》

收入西藏人民出版社 1987 年 7 月出版的《庆祝西藏军区成立三十五周年诗歌选》

收入湖南文艺出版社 1989 年 10 月出版的《第二野战军老战士诗抄》

收入中国文联出版公司 1990 年 6 月出版的《中国新文艺大系 1949 — 1966 诗集》

收入 1991 年 5 月四川民族出版社出版的《西藏军旅文学选粹》

1999 年 2 月 20 日金昌人民广播电台播出

见《校友通讯》2015 年 9 月 30 日第二、三期合刊

收入《诗家园—中国六零前当代诗人作品集》章治萍主编 天马图书有限公司 2019 年 1 月出版

大雪纷飞（长诗）

《人民文学》1957 年 5、6 月合刊号

收入西藏人民出版杜 1981 年 1 月出版的《西藏诗选》

见《西藏文艺》(藏文版)1983 年第 5 期. 降边嘉措译

收入西藏人民出版社 1985 年 1 月出版的《西藏诗选》

见《花雨》1994 年 3、4 期合刊

收入 1996 年 10 月海天出版社出版的《中国百年文学经典文库》

收入 1996 年 12 月北京大学出版社出版的《百年中国文学经典》第五卷

收入 1997 年 11 月上海文艺出版社出版的《中国新文学大系 1949 — 1976 · 诗卷》

收入 1997 年 12 月山东文艺出版社出版的《中国百年诗歌选》

见《黄河诗报》2009 年 8 月第 8 期

收入《中国新诗总系》第四卷（1949 — 1959）人民文学出版社 2010 年 9 月出版

收入《中国百年新诗选》周良沛主编崇文书局 2017 年 6 月初版

写在花圈上

《文艺月报》1957年7月号

收入甘肃人民出版杜1980年5月出版的《1949—1979甘肃诗歌选》

收入中国文联出版公司1990年6月出版的《中国新文艺大系1949—1966诗集》

收入解放军文艺出版社2005年出版的《新中国军事文艺大系·诗歌卷》（光盘）

见《白银文学》2008年12月第4期

收入《新中国文学精品文库诗歌卷》雷达主编，海天出版社2010年1月第一版

收入《诗家园——中国六零前当代诗人作品集》章治萍主编天马图书有限公司2019年1月出版

雪 恋

《诗刊》1980 年 7 月号

收入广西人民出版社 1983 年 1 月出版的《中国散文诗选》

收入百花文艺出版社 1984 年 5 月出版的《当代短诗选》

收入人民文学出版社 2002 年 5 月出版的《中华诗歌百年精华》

收入中国电子出版社 2005 年出版的《书海》

收入《与史同在——当代中国新诗选》（上卷）（下卷）柯岩、胡笳主编，作家出版社 2005 年 8 月第一版

收入《新中国文学精品文库诗歌卷》雷达主编，海天出版社 2010 年 1 月第一版

不 悔

《诗刊》1981 年 9 月号

收入中国文联出版公司 1985 年 12 月出版的《中国新文艺大系 1976 — 1982 诗集》

收入甘肃人民出版社 1986 年 2 月出版的《中国当代西部新诗选》

收入《20 世纪汉语诗选》上海教育出版社 1999 年 12 月第 1 版

收入《新中国 50 年诗选》第 1 卷，第 3 卷，重庆出版社 1999 年 9 月第 1 版

收入光盘《新中国军事文艺大系·诗歌散文戏剧卷》解放军文艺出版社出版

紫丁香（长诗）

《边疆文艺》1950 年 10 月号

收入《中国当代文学作品精选》（1949 — 1999）上海教育出版社 1999 年 9 月第 1 版

收入光盘《新中国军事文艺大系·诗歌散文戏剧卷》解放军文艺出版社出版

其中《走向江水》一章收入《新中国六十年文艺大系·诗歌精选》王蒙主编，长江文艺出版社 2009 年 8 月出版